W0023075

Carmen Korn

Der Mann auf der Treppe

Carmen Korn, 1952 in Düsseldorf geboren, lebt als Journalistin und Buchautorin mit ihrem Mann und ihren beiden Kindern in Hamburg. Sie war sieben Jahre lang Redakteurin beim »Stern«. Carmen Korn wurde 1999 für den Krimi »Der Tod in Harvestehude« mit dem renommierten Krimipreis »Marlowe« der Raymond-Chandler-Gesellschaft ausgezeichnet. »Der Mann auf der Treppe« ist ihr erstes Buch bei Klopp.

Carmen Korn

Der Mann auf der Treppe

Eine Kriminalgeschichte für Kinder

Klopp · Hamburg

Für Maris und Paul

Umschlagkonzept von Konstantin Buchholz
Umschlagillustrationen von Elisabeth Holzhausen
Satz: Dörlemann Satz, Lemförde
Druck und Bindung: Friedrich Pustet, Regensburg
Printed in Germany 2002
ISBN 3-7817-1080-7

www.erika-klopp.biz

1.

Curio hörte die Schokolade knacken. Glatter Durchbruch, die Tafel Traubennuss war eben in zwei Hälften zerlegt worden. Er wusste, dass es seine Mutter war, die sich an seiner Schokolade vergriff. Klar, sie brauchte Süßigkeiten nach dem Frust, den sie heute bei dem Vorsprechen gehabt hatte. Wer wollte auch schon Trixi die Maus spielen, in ein kratziges Kostüm steigen und in einer doofen Fernsehshow vor der Kamera herumhampeln, wenn man davon träumte, in einem Stück von Shakespeare auf der Bühne eines Theaters zu stehen. Kaum zu glauben, dass sie so verrückt auf einen ollen Dichter sein konnte, der schon vierhundert Jahre tot war. Na ja, noch nicht ganz vierhundert. Aber Mama war eben eine ernsthafte Schauspielerin. Nur ließ sie keiner.

Curio löschte die Leselampe, die an seinem Hochbett klemmte, sonst regte sich Mama nachher noch über zu langes Lesen auf, wenn sie aus ihrem Kleiderschrank gekrochen kam. Der große alte Schrank im Flur war ihr Zufluchtsort. Sie ließ immer Platz zwischen den Mänteln, und dann saß sie da, kuschelte sich an eine Wolljacke und aß Schokolade, wenn sie traurig war oder Wut im Bauch hatte. Die ganze Familie kannte die Marotte, aber Mama schien wirklich zu glauben, dass keiner es merkte, wenn mal wieder die hohen Türen des Schrankes knarzten und dann die Schokolade knackte. Traubennuss war immer besonders laut. Das war ihre Lieblingssorte.

»Ich habe doch gerade noch Licht gesehen«, sagte Mama.

Curio knipste die Lampe an und blinzelte zur Tür hin.

»Viola schläft schon seit zwei Stunden«, sagte Mama.

Curio seufzte. Seine Schwester war hier der Superstar.

»Wo ist Papa eigentlich?«, fragte er.

»Bei einer Besprechung. Er muss bald kommen.«

»Geht es immer noch um Nudeln?«, fragte Curio.

»Immer noch. Schlaf jetzt schön.«

Curio sank in sein Kissen. Seine Mutter sprang demnächst als dicke Maus im Fernsehen herum, und sein Vater dachte sich Werbetexte darüber aus, wie glücklich Nudeln machten. Er kannte Kinder, deren Eltern waren Studienräte. Die nannten ihre Söhne dann Max oder Felix. Auf Curio konnte wirklich nur seine Mutter kommen. Nur, weil so ein Depp in einem Stück von diesem Shakespeare so geheißen hatte.

Der Himmel über Hamburg hing mal wieder grau und schwer vor dem Fenster, als Viola am nächsten Morgen die Vorhänge aufzog. Das Wetter im März war einfach noch zu schlecht, um Ferien zu haben und nicht wegzufahren. Die Hamburger nannten diese Ferien im Frühjahr Skiferien, als gäbe es Schnee und Berge gleich um die Ecke und man müsste nur Skier und Schlitten vom Dachboden holen und zwei Stationen mit dem Bus fahren.

Violas beste Freundin hatte sich vor zwei Tagen mit Vater, Mutter und Schwester in den Nachtzug in die Schweiz gesetzt und befand sich längst auf der Bettmeralp, einer Hochburg der

Hamburger Skifreunde. Das Tollste, was Viola je an Wintersport erlebt hatte, war ein Ausflug in den Harz gewesen, morgens hin, abends zurück, und den Schnee hatten sie erst suchen müssen. Aber dreimal im Jahr in die Ferien fahren ist einfach nicht drin, hatte Papa gesagt. Obwohl er doch in der Werbung arbeitete, wo angeblich viel Geld zu holen war.

Nur nicht bitter werden, dachte Viola und zog die Schublade ihres Schreibtisches auf, um die Schokolade hervorzuholen, die sie ganz hinten versteckt hatte. Knusperkeks. Ihrem kleinen Bruder Curio hatte sie gestern eine Traubennuss spendiert. Hoffentlich hatte er seine Tafel auch in Sicherheit gebracht. Mama war so sehr auf dem süßen Trip, dass sie sich sogar über die braunen Kandisklümpchen für den Tee hergemacht hatte, die schon ewig im Zuckertopf klebten. Gut für die Zähne.

Viola ging ins Badezimmer und genoss die Leere, soweit ein zu kleines Bad mit einem großen Wäschekorb, einer Waage und einer Waschmaschine leer sein konnte. Aber wenigstens war Curio nicht drin und auch nicht Mama und nicht Papa.

Viola sah in den Spiegel. Zehn Tage Ferien lagen vor ihr, und wahrscheinlich war als Programm nichts anderes vorgesehen als nach nebenan zu Oma Kölln zu gehen, deren Kater zu streicheln und sich die Karten legen zu lassen. Vielleicht konnte sie sich ein paar Strähnen ins Haar färben. Knallrot. Oder grottengrün. Das würde Papa wachrütteln, und dann ließe er sich doch noch was einfallen für die Ferien. Damit seine Tochter nicht verwahrloste vor lauter Langeweile.

Besser noch, wenn sie ihn auf ihre Blässe hinwies. Hamburger Nieselwetterblässe. Kathi würde bettmeralp-braun sein, wenn sie zurückkäme. Das musste Papa doch ein schlechtes Gewissen machen, dass seine einzige Tochter so schmählich abstach gegen ihre beste Freundin. Er hatte doch einen Sinn für soziale Gerechtigkeit. Trotz seiner extravaganten Nudeln, mit denen er sich jetzt herumschlug.

Carola Lühr griff nach den prallen Zellophantüten und räumte sie vom Tisch, um fürs Frühstück zu decken. Bandnudeln, Spiralen, Röhrchennudeln, Hörnchen. Ihr Mann hatte gestern Abend das ganze Sortiment nach Hause geschleppt. Wahrscheinlich wollten seine Auftraggeber ihn jetzt in Naturalien bezahlen, statt endlich einen Vorschuss für seine Arbeit zu überweisen.

»Im Kofferraum habe ich noch eine ganze Kiste Radiatori«, sagte Steffen Lühr, als er in die Küche kam.

»Klingt wie eine Mischung zwischen Gladiator und Radieschen«, sagte Carola und stellte eine Schachtel Cornflakes auf den Tisch.

»Dabei sind es gabelfreundliche Soßenschlucker«, sagte ihr Mann. Er war noch im Schlafanzug und sah unrasiert aus.

»Das Badezimmer ist abgeschlossen«, sagte Steffen, als er den missbilligenden Blick seiner Frau auffing.

»Viola«, sagte sie und seufzte. »Das kann nur schlimmer werden. Ihr Rekord im Baden liegt jetzt schon bei einer Stunde.«

»Wir brauchen eine größere Wohnung mit zwei Bädern«, sagte Steffen. Er setzte sich an den Tisch und griff nach den Cornflakes.

»Wir brauchen am Monatsende vor allem die Miete für diese kleine Wohnung mit einem einzigen armseligen Bad«, sagte Carola.

»Ich versuche das noch mal zu klären mit dem Vorschuss.«

»Mein Auftritt als Maus wird auch nicht gleich Geld bringen.«

»Quält dich diese Maus sehr?«, fragte Steffen.

»Klar«, sagte Carola, »schließlich bin ich mal Schauspielerin geworden, um Shakespeare zu spielen.«

»Wolfgang Völz ist auch ein toller Schauspieler und spricht den Käpt'n Blaubär«, sagte Steffen.

»Das ist ganz was anderes. Blaubär ist Kult, aber Trixi die Maus wird sicher keiner werden. Sie ist einfach nur blöd.«

»Ich wette, das siehst du zu streng«, sagte Steffen und stand auf, um die Milch aus dem Kühlschrank zu holen. »Kann man mit fast dreizehn noch in der Badewanne ertrinken?«, fragte er. »Wo ist eigentlich die Milch, und wo ist Curio?«

»Zu viele Fragen auf einmal«, sagte Curio, der mit der Milchflasche in der einen Hand und einem Glas Erdnussbutter in der anderen in die Küche kam. In der Erdnussbutter steckte ein großer Löffel.

»Hast du hinten Picknick gemacht?«, fragte seine Mutter.

»Hier kriegt man ja vor neun nichts«, sagte Curio.

»Warum entwickelst du dich auch ausgerechnet in den Ferien zum Frühaufsteher.« Carola klang ärgerlich. Sie konnte es gar nicht leiden, wenn ihr vorgeworfen wurde, ihre Familie nicht genügend zu versorgen. Schließlich schleppte sie täglich schwere Taschen voller Toastwaffeln, Knusperjoghurts, Cornflakes und literweise Milch und Saft vier Stockwerke Altbau hoch.

»Weisst du was von meiner Schokolade?«, fragte Curio und sah seine Mutter an. Ein ziemlich gelungener Gegenschlag, denn Carola spitzte ihren Mund, als wolle sie ein bisschen pfeifen vor lauter Verlegenheit. Doch stattdessen setzte sie zu einer längeren Erklärung an, in deren Verlauf sie ihm wahrscheinlich mindestens zwei Tafeln Traubennuss als Ersatz zugesagt hätte.

Doch dazu kam es nicht. Seine große Schwester verdarb alles. Viola platzte in die Küche und hatte grüne Haare und die Aufmerksamkeit aller.

»Um Himmels willen«, sagte Steffen und klang voller Sorge, als habe Viola schrecklich viel kotzen müssen und sei deshalb grün.

»Was soll das?«, fragte Carola.

»Hier ist ja sonst nichts los«, sagte Viola.

»Das Zeug versaut alles total«, sagte Curio begeistert. »Kopfkissen, Kuscheltiere. Alex ist damit sogar an die Tapeten gekommen, als er so grün war, und an die neue Couchgarnitur.«

»Warum war Alex grün?«, fragte sein Vater. Er schien immer noch an ein medizinisches Phänomen zu glauben.

»Weil er ein Frosch war. Am Faschingsdienstag in der Schule. Kannst du alles bei Budni kaufen. Kommt ganz einfach aus der Spraydose.«

Carola setzte sich an den Frühstückstisch und stützte die Arme auf, um ihr Gesicht gleich hinter den Händen zu verbergen. »Hier gibt es nichts vor neun«, sagte sie. »Hier ist ja sonst nichts los«, sagte sie. »Vermutlich bin ich die totale Versagerin.«

»Quatsch«, sagte Steffen. Er hatte genügend Theater mit diesen Nudeln. Er konnte nicht auch noch eine Krise seiner Frau gebrauchen. »Eure Mutter arbeitet hart«, sagte er, »und ich auch.«

»Und wir haben Ferien«, sagte Viola.

»Wir könnten mal ins Freilichtmuseum«, sagte Steffen, »zum Kiekeberg. Wenn das Wetter besser wird, fahren wir hin. Das fandet ihr doch immer gut.«

»Ich könnte dir den Kiekeberg aus Lego bauen«, sagte Curio, »so auswendig kenne ich den.«

»Im Sommer fahren wir ja in die Ferien«, sagte Carola, »es tut mir Leid, dass jetzt nichts los ist.«

»Müssen wir uns entschuldigen?«, fragte ihr Mann.

»Ja«, sagte Carola, »Eltern müssen sich immer entschuldigen.«

2.

Grete Kölln schob die Spielkarte weg und ärgerte sich. Pik Ass. Immer wieder Pik Ass. Auch wenn sie schon lange genug Karten legte, um zu wissen, dass Pik Ass keineswegs nur Schlechtes bedeutete, sondern auch für Gerechtigkeit stand und Kontakte mit der Polizei weissagte, so passte diese Karte ihr heute nicht in den Kram.

Den ganzen Vormittag schon hatte sie versucht, das Pik Ass neben die Karo Zehn gelegt zu kriegen, das hätte viel Geld bedeutet, und das wäre ein wahrer Segen. Die Aufforderung Heizungskosten nachzuzahlen lag noch immer im Küchenschrank. Das war nur eine Frage von Tagen, bis die erste Mahnung kam. Doch sie sollte sich nicht so viel vormachen. Woher sollte das Geld kommen, selbst wenn das Pik Ass links neben der Karo Zehn zu liegen kam? Wer sollte ihr was vererben? Lotto spielte sie auch nicht. Und für den Preis in einem Schönheitswettbewerb war es wohl zu spät mit achtundsiebzig Jahren. Grete musste grinsen bei dem Gedanken. Ihre Mutter war mal Maikönigin geworden, Ende der zwanziger Jahre, in einem Lokal am Mühlenkamp, das »Ballhaus Himmel« geheißen hatte. Aber Grete war nun mal mit der großen Nase ihres Vaters auf die Welt gekommen. Da war nichts mit Schönheit.

Das Klingeln kam ihr gerade recht. Konnten nur die Kinder sein. Grete Kölln kannte die beiden schon seit ihrer Geburt. Erst die Viola und dann zwei Jahre später der Curio. Die liebte sie, als wären es ihre eigenen Enkel, die sie leider nicht hatte. Eigentlich gab es in ihrem Leben sonst nur Amadeus, den alten Kater. Ja, nicht nur die Mama von Viola und Curio, die kleine Frau Lühr, wusste sich was Feines einfallen zu lassen bei den Namen.

»Kommt rein«, sagte sie, »trifft sich gut, dass ich Pfannkuchen machen wollte. Ich hab noch einen Haufen Äpfel. Granny Smith. Die sind alle so schön grün wie deine Haare, Viola.«

Viola und Curio ließen sich auf das Sofa fallen, das hinter dem Küchentisch stand und auf das sich Grete Kölln gar nicht mehr setzte, weil es zu durchgesessen war und sie kaum noch hochkam aus der Kuhle. Curio konnte sich ein Hopsen nicht verkneifen.

»Hops nur weiter, dann können wir das Kanapee gleich auf den Sperrmüll tun«, sagte Grete Kölln.

Hatte sie schon hundertmal gesagt, diesen Satz. Keinen der drei kümmerte das noch. Die Kinder kannten die Geschichte des Sofas zur Genüge. Wie Grete vor vielen Jahren zum ersten Mal in die Wohnung ihrer zukünftigen Schwiegermutter gekommen war, und alles war so vornehm gewesen, vor allem das Kanapee, dass Grete eine Weile geglaubt hatte, sie würde bei Köllns Haferflocken einheiraten. Feine Firma. Da wäre ja dann mal Geld gewesen. Aber ihr Kurt hatte mit den reichen Köllns nichts zu tun.

»Bei uns gibt es nur noch Nudeln, seit Papa Werbung dafür macht«, sagte Curio.

»Ist doch was Feines«, sagte Grete Kölln, »denk mal an die Zeiten, als er sich die Anzeigen für den ›Küstennebel‹ ausgedacht hat. So einen Schnaps konntet ihr doch nun gar nicht brauchen.«

»Da waren Mama und Papa öfter mal lustig«, sagte Curio.

»Das sind sie doch meistens. Auch ohne Alkohol.«

»Ich glaube, wir haben mal wieder kein Geld«, sagte Viola. »Mama hat eine ziemlich blöde Fernsehrolle angenommen. Da muss sie sich als dicke Maus verkleiden und ab und zu darf sie mal Piep machen. Das tut sie nur aus Not, sagt sie.«

»Sie sitzt auch wieder im großen Kleiderschrank zwischen den Mänteln und isst meine Schokolade auf«, sagte Curio, »das tut sie nur, wenn sie eine Krise hat.«

»Na, ich kann mich noch erinnern, dass ich auch mal gern einen Platz für mich alleine gehabt hätte, als mein Kurt noch da war«, sagte Grete Kölln. »Wenn ich mich da für eine Weile auf dem Klo eingeschlossen hatte, stand er vor der Tür und rüttelte und rief: ›Ist alles in Ordnung, Grete?‹ Da kann man schon mal Sehnsucht nach einem geräumigen Schrank kriegen.«

»Papa rüttelt nie an der Klotür«, sagte Viola.

»Dann geht ihr das mit dem Geld ans Gemüt«, sagte Grete. »Ich hab auch wieder ein leeres Portemonnaie. Guckt euch die Karten an. Pik As wollte einfach keinen Reichtum bringen. Aber Kontakte mit der Polizei. Wahrscheinlich schleppt mir unser netter Polizist wieder den Wasserkasten all die Stockwerke hoch. Sammelt doch mal die Karten ein, Kinder.«

Sie legte ein Küchenmesser und einen Sparschäler auf den Tisch und holte einen Korb mit Äpfeln aus der Speisekammer.

»Fangt schon mal an mit dem Schälen«, sagte sie, »ich mach jetzt einen feinen Teig.« Grete holte die große Schüssel hervor, stellte sie heftig auf dem Tisch ab und sah dabei aus, als sei ihr gerade was Großes eingefallen. »Wo ihr doch nun Ferien habt, könntet ihr mal nach der Frau Triebel gucken«, sagte sie.

»Macht mir Sorgen, die Gute. Kam mir vorgestern ziemlich verwirrt vor. Faselt was von einem Enkel. Wüsst ich nicht, dass sie überhaupt einen hat. Und nu geht sie nicht mal mehr ans Telefon.«

»Wir können ja heute Nachmittag bei ihr klingeln«, sagte Viola und klang wenig begeistert.

»Geklingelt hab ich auch schon«, sagte Grete Kölln, »doch ich bin gar nicht erst ins Haus gekommen. Hat keiner aufgemacht. Aber ihr könnt doch vielleicht von hinten rein. Ist ja Hochparterre.«

»Die kriegt einen Herzschlag, wenn wir da plötzlich auf dem Balkon stehen«, sagte Curio.

»Solltest du nicht bei der Polizei anrufen, wenn du dir solche Sorgen machst?«, fragte Viola.

»Die werden sich bedanken. Letzte Woche hab ich gerade eine Suchmeldung nach Amadeus rausgegeben. Aber der saß die ganze Zeit hier in der Speisekammer und ich hab's nicht gemerkt. Hat ja auch keinen Mucks gemacht, das Biest. Wahrscheinlich halten die mich schon für so tüdelig wie ich die olle Triebel.«

»So richtig gut finde ich das nicht, einfach auf den Balkon zu klettern. Nachher denkt Frau Triebel noch, wir wollen ihr die Blumen aus den Kästen klauen«, sagte Viola.

»Die Stiefmütterchen wird sie noch gar nicht draußen haben«, sagte Grete, »ist doch gerade erst März.«

»Wir könnten eine Räuberleiter machen«, sagte Curio, der anfing, Gefallen an der Sache zu finden. »Ich klettere hoch und du stehst unten im Garten Schmiere.«

»Ich schlage vor, dass wir nach den Pfannkuchen noch mal bei ihr anrufen«, sagte Grete Kölln. »Wenn sie sich dann immer noch nicht meldet, guckt ihr einfach nach.«

Guckt einfach nach, hatte Oma Kölln gesagt. Na, von einfach konnte nicht die Rede sein. Der Rasen, auf dem Viola stand, war nach all dem Regen der letzten Tage das reinste Sumpfgebiet und ihre neuen Turnschuhe sackten immer tiefer in den Dreck. Wahrscheinlich musste Viola sie nachher stecken lassen, wenn sie entkommen wollten, denn irgendwas schien oben bei Curio schief zu gehen. Sie hätte weiter zurücktreten müssen, um zu sehen, was sich auf dem Balkon von Frau Triebel tat. Doch sie wollte nicht die Aufmerksamkeit der Nachbarn auf sich lenken, die vielleicht gerade aus dem Fenster sahen, um mal in einen wirklich trüben Nachmittag zu gucken. Viola hatte wenig Lust, lange zu erklären, dass sie hier nicht als Einbrecher unterwegs waren, sondern vielmehr die gute Tat des Tages vollbrachten. Wieder schepperte es auf dem Balkon.

»Was machst du denn da?«, flüsterte sie ziemlich laut.

Curio tauchte an der Brüstung auf. »Lauter bescheuerte Eimer«, sagte er, »und alle aus Blech. Kannst du nur gegen stoßen, wohin du auch trittst. Aber es ist Licht in der Wohnung.«

»Dann klopf doch mal an die Balkontür«, sagte Viola.

»Und was ist, wenn die Triebel dann doch der Schlag trifft?«

»Ruf, dass du in freundlicher Absicht kommst.«

»Du hast vielleicht einen Knall«, sagte Curio. Doch er klopfte.

»Frau Triebel«, sagte er in normaler Lautstärke, »Frau Kölln schickt uns. Bitte machen Sie auf. Wir kommen auch gerne vorne rum.«

Viola kicherte nervös. »Tut sich was?«, fragte sie.

»Nee«, sagte Curio, »nichts zu hören. Dabei steht die Klappe auf.«

»Ein Kippfenster? An der Balkontür?«

»Sag ich doch.«

»Kannst du da nicht rein?«

»Einfach in die Wohnung?«, fragte Curio.

»So einfach wird auch das wieder nicht sein«, sagte Viola.

»Ich könnte die Eimer aufeinander stellen. Dann komme ich dran.«

»Du kannst dich doch nicht durch die Klappe quetschen. Da hängst du drin fest wie damals Oma Köllns Kater. Ist da kein Türgriff?«

»Ich kann ja mal versuchen, dran zu kommen«, sagte Curio.

Er zog seinen Anorak aus und krempelte den rechten Ärmel seines Sweatshirts hoch. Dann steckte er den Arm durch die Klappe. Er kriegte den alten Messinggriff zu fassen, doch der ließ sich kaum nach unten drücken. Curio verrenkte seinen Arm, dass er dachte, gleich einen Muskel reißen zu hören. Aber dann hörte er etwas ganz anderes. Etwas, das aus der Wohnung kam. Ein kaum wahrnehmbares Stöhnen. Da war es wieder. Curio atmete tief durch, bevor er noch mal den Griff zu fassen versuchte und ihn endlich festhalten und herunterdrücken konnte. Frau Triebels Balkontür öffnete sich. Curio schaute zu Viola hinunter.

»Komm nach vorne zur Haustür«, sagte er, »hier ist was passiert.«

Dann betrat er die Wohnung.

3. Das Licht, das Curio gesehen hatte, kam aus dem Flur, und nur ein kleiner Schein davon fiel in die Küche, in die er da eintrat, und beleuchtete einen Flecken Fußboden. Der Rest des Raumes lag im dunklen Dämmer des Nachmittags und Curio brauchte ein paar Augenblicke, bis er den gedeckten Tisch bemerkte. Zwei Teller, zwei Tassen. Zwei zu kleinen Hauben gefaltete Servietten. Eine Kanne, die auf einem Stövchen stand, dessen Teelicht leer gebrannt war. Ein großer Teller voller Tortenstückchen. Keines schien zu fehlen. Alles sah unbenutzt aus.

»Frau Triebel«, sagte er. Eigentlich flüsterte er es nur. Sie hätte schon hinter der Tür stehen müssen, um ihn zu hören, dachte Curio. Das einzig Hörbare hier war das Klopfen seines Herzens, das zu einem ziemlichen Trommelwirbel wurde, als er die Tür zum Flur weit aufstieß. Nichts. Keine Seele. Dabei war das Stöhnen doch so nah gewesen. Curio stand still, um darauf zu horchen. Das Licht kam von einer Wandlampe in Tütenform, die neben einem Spiegel hing. Ansonsten wirkte die Wohnung völlig dunkel. Die Türen zum Flur waren geschlossen. Bis auf eine, dachte Curio, als er in den Spiegel schaute und sein eigenes ängstliches Gesicht sah. Bis auf eine, die er hinter sich im Spiegel erkennen konnte. Nur einen Spalt breit war sie geöffnet, doch Curio hätte geschworen, dass dieser Spalt dabei war, breiter zu werden.

Ein schriller Ton ließ ihn zusammenzucken. Curio kapierte nicht gleich, dass es die Klingel war. Er sah in den Spiegel, um zu sehen, wie der Türspalt auf den Krach reagierte, doch dann sprang er zur Wohnungstür und riss sie auf. Das Treppenhaus war dunkel. Natürlich. Viola war noch gar nicht im Haus. Curio suchte nach dem Türöffner und fand schließlich einen Knopf, der fast versteckt war von einer Kleiderbürste. Er konnte sich nicht erinnern, je so dankbar gewesen zu sein, die Schritte seiner großen Schwester zu hören.

»Was ist los?«, fragte Viola, als Curio sie hastig in die Wohnung zog.

Curio deutete auf den Türspalt. »Da ist einer«, sagte er.

»Vielleicht Frau Triebel, die sich vor uns fürchtet?« Viola flüsterte.

»Am Anfang habe ich ein Stöhnen gehört«, sagte Curio, »als ich auf dem Balkon stand. Nachher war es weg.«

»Frau Triebel«, sagte Viola laut. Sie ging auf die Tür zu und wollte sie öffnen. Doch Viola blieb stehen. Sie war gegen einen Fuß gestoßen, der sich in den Spalt geschoben hatte. Ein Fuß in einem hellen Strumpf. Viola drückte die Tür auf, vorsichtig, denn sie wusste nun, dass es ein Körper war, der da Widerstand bot.

Lieselotte Triebel lag auf der Seite, das eine Bein angewinkelt, das andere zur Tür vorgestreckt. Ihr Kopf war ganz blutig.

»Ist sie tot?«, fragte Curio. Er stand auf der Schwelle des kleinen Zimmers, das wohl Frau Triebels Wohnzimmer war, und sah angestrengt auf die Deckenlampe, die aussah, als hätte man Kompottteller auf einen hölzernen Kranz geschraubt. Er mochte nicht länger zu Frau Triebel hinsehen.

»Nein«, sagte Viola, »sie bewegt sich. Siehst du ein Telefon?«
Curio drehte sich um und sein Blick fiel auf einen grauen Apparat, der auf einem Stuhl im Flur stand. »Die 112?«, fragte er.
»Schnell«, sagte Viola. Sie kniete jetzt neben Frau Triebel, die wieder leise stöhnte. »Wir holen Hilfe«, sagte Viola zu ihr.
»Das Telefon tut's nicht.«
»Lauf zu den Nachbarn.«
Curio lief los und war geradezu dankbar, aus der Wohnung zu kommen. Er lief zwei Stockwerke hoch, bis er endlich jemanden fand, der ihm die Tür öffnete. Dabei hatte er das Gefühl gehabt, das auch die anderen Nachbarn zu Hause waren und hinter den Gucklöchern in ihren Türen gestanden hatten, als er klingelte.
Ein komisches Haus, in dem Frau Triebel lebte. Ganz anders als ihres. Kaum einer schien sich hier um den anderen zu scheren. Nur neugierig waren sie alle. Doch jetzt hatte er das Glück, einer Frau gegenüberzustehen, die zum Telefon stürzte, ohne lange zu zweifeln und zu zaudern.
Es dauerte keine zehn Minuten, bis der Notarzt da war und Frau Triebel im hellen Licht ihrer Wohnzimmerlampe lag und Spritzen aus den Verpackungen gerissen wurden, Infusionsflaschen gehalten und Geräte angeschlossen. Das Durcheinander einer Lebensrettung.
Viola und Curio gingen zur Tür, um ganz leise wegzugehen.
»Halt!«, sagte da jemand, der in der Küche stand. Sie drehten sich um und sahen einen Polizisten neben Frau Triebels Kaffeetafel stehen. Sie hatten ihn vorher nicht bemerkt.
»Ich denke, hier gibt es einiges zu erklären«, sagte der Polizist, »und ihr beide fangt am besten gleich damit an.«

»Kontakte mit der Polizei«, sagte Grete Kölln, »wer hätte sich das denn so vorgestellt.« Sie stand an ihrem Küchenfenster, stemmte eine Hand in die Hüfte und seufzte. Auf der anderen Seite des Hofes war das grau verputzte Haus zu sehen, in dem Frau Triebel wohnte. Doch der Blick auf ihre Wohnung war von einem der Schuppen verdeckt, die auf dem Hof standen.

»Tut mir Leid, Kinder«, sagte sie. »Ich hab euch da schön was eingebrockt. Euer Vater war stinkesauer.«

»Der hat nur nachträglich noch Angst um uns gekriegt«, sagte Curio, »dann wird er immer sauer. Als ich mal oben bei uns im offenen Fenster rumgeklettert bin, ist er fast ausgeflippt.«

»Um Gottes willen, Jung«, sagte Grete, »da hat dich aber auch der Düvel geritten. Dass du das nicht wieder tust.«

»Mama fand uns mutig«, sagte Viola, »couragiert hat sie gesagt.« Viola schmeckte das Wort nach. »Ich glaube, sie ist auch stolz auf uns. Wenn wir da nicht reingeklettert wären, dann würde Frau Triebel wahrscheinlich nicht mehr leben.«

»Ich bin geklettert«, sagte Curio.

»Und ich hab die Tür zu dem Zimmer aufgemacht, in dem sie lag.«

»Ihr seid beide Helden«, sagte Grete, »und eure Eltern haben auch beide Recht. Der eine mit dem Ärger und die andere mit dem Stolz. Dank euch liegt die Triebel gut versorgt im Krankenhaus. Hat ja wohl schön eins auf den Schädel gekriegt. Wird sie noch tüdeliger sein. Bin mal gespannt, was sie erzählt, wenn sie wieder kann.«

»Da war irgendwas mit dem Enkel«, sagte Curio.

»Den hat sie doch gar nicht«, sagte Grete Kölln. Sie ließ sich auf ihren besten Küchenstuhl fallen und suchte nach einer günstigen Sitzposition. »Jetzt weiß ich wenigstens, was das Kreuz Ass in den Karten bedeutet hat«, knurrte sie, »Hüftschmerzen. Na, wenn es kein schlimmeres Leid ankündigt, wollen wir zufrieden sein. Will nicht wissen, was zu sehen gewesen wäre, wenn ich der Triebel die Karten gelegt hätte. Lauter Kreuzkarten wahrscheinlich.«

»Sie hat was von einem Enkel gesagt, als die Sanitäter sie aus der Wohnung trugen«, sagte Curio, »ich hab es selbst gehört.«

»Das stimmt«, sagte Viola, »der Polizist hat es auch so verstanden. Er hat uns gefragt, ob wir wüssten, wo dieser Enkel zu finden sei …«

»Da war sie nicht bei sich«, sagte Grete, »obwohl es mir schon komisch vorkommt, dass sie in dem Punkt so hartnäckig ist.«

»Der Tisch war ja auch für zwei gedeckt. Solche Omi-Teller mit Goldrand. Und der ganze Kuchen stand noch da, weil ihr Gast wohl gar nicht gekommen ist«, sagte Curio.

»Oder ihr gleich zu Anfang auf den Schädel geschlagen hat, ohne erst Kuchen zu essen«, sagte Grete Kölln. »Ist denn sicher, dass von ihrem Kram nichts fehlt?«

Viola hob die Schultern. »Das haben die uns auch nicht so auf die Nase gebunden«, sagte sie, »aber es war wohl nichts durchwühlt.«

»Und die haben dich nicht für eine zwielichtige Gestalt gehalten, mit deinen grünen Haaren?«

»Nee«, sagte Viola, »die wissen auch, was angesagt ist.«

»Die meiste Farbe war ja schon in ihrer Kapuze geblieben«, sagte Curio, »den Anorak konnte Mama gleich in die Wäsche tun.«

»Die Haare sind auch schon nicht mehr so schön apfelgrün«, sagte Grete, »sehen jetzt eher aus wie ein Mooskissen.«

»Hat Frau Triebel denn überhaupt Kinder?«, fragte Viola.

»Einen Sohn. Aber der war fast immer im Ausland, und vor ein paar Jahren ist er gestorben.«

»Dann hätte der doch auch einen Sohn haben können.«

Grete schüttelte den Kopf. »Da haben wir beiden Alten uns oft genug was vorgeheult, dass keine Enkel da sind. Meine Gisela hat ja auch nicht die Kurve gekriegt. Sitzt lieber in Kassel und leitet eine Sparkassenfiliale.«

»Du hast doch uns«, sagte Curio.

»Hatte Frau Triebel ihr Konto bei der Hamburger Sparkasse am Mühlenkamp?«, fragte Viola.

»Die war nicht bei der Haspa. Die ist zur Dresdner Bank gegangen, aus alter Verbundenheit mit dem Osten, hat sie immer gesagt, auch als wir längst schon wieder vereint waren.«

»Können wir da nicht nachfragen, ob Frau Triebel in letzter Zeit eine größere Summe geholt hat?«, fragte Viola.

Grete Kölln stieß einen Pfiff aus. »Du bist ein ganz schlauer Kopf, Violchen«, sagte sie, »hoffentlich ist unsere Polizei auch so schlau.«

»Klar«, sagte Curio.

»Vielleicht sollten wir ein bisschen nachhelfen«, sagte Viola.

Grete erhob sich ächzend von ihrem Stuhl. »Das wollen wir gleich mal tun«, sagte sie, »wo wir jetzt so feine Kontakte zur Polizei haben.«

4.

Frau Triebel konnte den Kopf schon heben, ohne dabei tief in Schwindel und Schmerz zu tauchen. Ihre Wunde fing an zu heilen, ihr Befinden besserte sich, ihre Wut wurde größer.

»Ich schäme mich ja so«, sagte sie zu Grete, »und wütend bin ich.«

»Sei mal wütend«, sagte Grete, »das ist besser als Scham.«

»Wo doch unser Gerd so viel im Ausland war«, sagte die Triebel.

Ja, das hätte sein können, dass da auf einmal ein Enkel kommt, von dem Lieselotte Triebel vorher nichts gewusst hatte. Die Leute nehmen es oft gar nicht mehr so genau mit der Ankündigung von Hochzeiten und Geburten. Die eigenen Kinder versäumen es, die großen Ereignisse in ihrem Leben mitzuteilen. Da sitzt dann eine alte Frau in Hamburg, die Sehnsucht nach einer Familie hat, die ihr längst abhanden gekommen ist oder die es nie gegeben hat. Und dann kommt einer und sagt: Ich bin dein Enkel.

Die alte Frau sagt dann: Der Sohn von meinem Gerd?

Ist doch ganz einfach für den Betrüger, nur noch heftig zu nicken. Die alte Frau erzählt schon alles ganz von selbst und denkt dabei, dass es immer wieder Wunder gibt.

»Fünftausend Mark wollte er«, sagte Frau Triebel, »für die Kaution einer Wohnung ganz bei mir in der Nähe.«

»Du hast sie ihm gegeben?«, fragte Grete Kölln. »Aber warum hat er dich dann niedergeschlagen?«

»Weil ich doch noch misstrauisch geworden bin. Er wusste nicht mal, wo er geboren worden ist. In Amerika, sagte er, und dann war es einmal St. Louis und dann wieder Louisiana. Hat mich für ganz bekloppt gehalten. Nicht mal Gerds Geburtstag wusste er.«

»Wie sollte er auch«, sagte Grete.

»Da habe ich seinen Ausweis sehen wollen.«

»Und darauf hat er dir was auf den Kopf geschlagen?«

»Die schwere Vase aus Bleiglas«, sagte Frau Triebel.

»Da hast du aber Glück gehabt, dass du noch lebst.«

»Die Kinder«, sagte Lieselotte Triebel, »die guten Kinder.«

Die guten Kinder standen in der Tür zu Frau Triebels Zimmer und Curio kriegte gerade einen Knuff von Viola, weil er den Blumenstrauß unter den Arm geklemmt hielt wie einen Tennisschläger. Die Köpfe der Tulpen wurden dabei ziemlich zerdrückt, doch Curio schaffte es, sie durch ein gekonntes Schütteln wieder in Form zu bringen.

»Die sind aber ordentlich frisch, dass die das aushalten«, sagte Grete Kölln. »Da geh ich gleich mal eine Vase holen. Oder sollen wir lieber nicht von Vasen sprechen, Lieselotte?«

Frau Triebel lächelte schwach zu diesen Worten, doch sie hob den bandagierten Kopf schon wieder ein Stück höher, als Viola und Curio an ihr Bett traten und so wohlerzogen waren, wie es Carola und Steffen, ihre Eltern, selten zu sehen bekamen.

»Dann hoffe ich ja, dass eure restlichen Ferien weit weniger aufregend sein werden«, sagte Frau Triebel.

Curio und Viola hofften das nicht.

»Wie sah er denn aus, der Mann?«, fragte Curio.

»Ach wisst ihr«, sagte Lieselotte Triebel gerade, als Grete zur Tür hereinkam, »eigentlich sah er sehr nett aus.«

Am Abend dieses Tages saß Carola Lühr im Schrank und sorgte sich. Sie hatte bereits den größeren Teil von hundertfünfzig Gramm dunkler Kuvertüre weggeknabbert, die eigentlich als Schokoladenüberzug für einen Kuchen vorgesehen gewesen waren. Nur noch eine Frage der Zeit, bis auch noch die Sorge um ihr Gewicht dazu kommen würde, in den letzten zwei Tagen hatte sie ganze anderhalb Kilo zugenommen. Bald brauchte sie kein Kostüm mehr, um die dicke Maus zu geben, dann musste sie sich nur noch ein Fell wachsen lassen. Das wäre ohnehin die Lösung, ein dickes Fell.

Sicher war sie auch stolz auf die Kinder gewesen, dass sie der alten Frau Triebel so couragiert zur Hilfe gekommen waren.

Aber was würde noch alles passieren, wenn Viola und Curio sich ausgerechnet in den Ferien ständig selbst überlassen blieben?

Oma Köllns Vorstellung von Freizeitgestaltung für die Kinder schien auch immer unkonventioneller zu werden. Was hätte bei dieser Aktion alles schief gehen können. Gut, sie hatte sie Steffen gegenüber verteidigt, weil der sich so aufgeregt hatte. Sie wurde immer ruhig, wenn Steffen sich aufregte. Dann tat sie so, als sei doch gar nichts dabei, dass die Kinder um sechs Uhr abends von der Polizei nach Hause gebracht wurden. Tat auch so, als ob sie daran glaube, dass diese Werbeagentur, für die er das Lob der Nudeln sang, das Geld bald überweisen würde. Dabei glaubte sie eher, dass die pleite waren und gar nicht zahlen würden.

Carola seufzte. Sie fand das Leben schwierig. Sie fand, dass sie eine schlechte Mutter sei. Das fand sie immer mal wieder. Andere Mütter taten die Kuvertüre auf den Kuchen und aßen sie nicht auf. Andere Mütter buken überhaupt viel mehr.

Carola kriegte die Fuseln einer alten Mohairjacke in die Nase und fing an zu niesen. Irgendwie war es heute Abend besonders eng im Schrank. Was sollte man von einer vierzigjährigen Frau halten, die sich den großen Kleiderschrank im Flur als Zuflucht suchte? Dabei konnte sie sich in Steffens Arme kuscheln, wenn sie ihn von seinem Schreibtisch lockte. Oder in Violas Zimmer gehen und in Curios und dem Atmen der schlafenden Kinder lauschen. Wenn sie denn dann schliefen.

Carola steckte den Kopf aus dem Schrank. Bei den Kindern war alles dunkel. Sie krabbelte hervor und kam sich vor wie eine Tonne, wie sie sich da aus den Mänteln herauswand. Dabei waren es doch nur hundertfünfzig Gramm Kuvertüre gewesen. Wie lange war es her, dass sie den Pagen Cäsario gespielt hatte, in Shakespeares »Was ihr wollt«? Da hatte sie Steffen gerade kennen gelernt. Vor vierzehn Jahren. Es war ja nur ein kleines Stadttheater gewesen, keine bedeutende Bühne, aber doch eben William Shakespeare und nicht Trixi die Maus.

Jetzt hatte sie eine Viola und einen Curio, das war ihr immerhin gelungen. Carola seufzte noch einmal und ging über den Flur zu den Kinderzimmern und betrachtete erst ihren schlafenden Sohn und dann ihre Tochter. Das Beste auf der Welt, dachte sie, und da fing es auch schon an ihr besser zu gehen.

5.

»Na, viel hat die Triebel ja nicht mehr gewusst«, sagte Grete Kölln, »blond und blaue Augen und eine lange Nase. Wahrscheinlich träumt sie immer noch von Hans Albers.«

»Wer ist denn das?«, fragte Curio.

»Dass du den nicht kennst. War genau so ein Hamburger Jung wie du einer bist. In St. Georg wurde der geboren, da haben sie auch eine Gedenkplatte an das Haus gepinnt. ›Auf der Reeperbahn nachts um halb eins‹ hat er gesungen. Kennst du das nicht?«

Curio schüttelte den Kopf. Einen Augenblick lang glaubte er, das hätten doch die Toten Hosen gesungen. Aber das war irgendwas mit Rosen gewesen, die regnen sollten. Nichts mit Reeperbahn.

»Curio hat keine Ahnung«, sagte Viola, »der kennt nicht mal Orange Blue.«

»Kenne ich doch«, sagte Curio und war wütend.

»Ich nicht«, sagte Grete Kölln. »Aber viel schlimmer ist, dass die olle Triebel so wenig weiß. Von den üblichen Verdächtigen war es keiner. Die haben ihr die ganze Kartei gezeigt.«

»Bei Tchibo haben sie gesagt, dass es Roma waren«, sagte Viola.

»Seit wann stehst du denn bei Tchibo herum?«, fragte Grete und klang so, als sei der Kaffeeausschank eine finstere Kneipe.

»Hab ich gar nicht. Mama hat es erzählt.«

»Erstens war es nur einer, und zweitens sind es auch nicht immer nur die Roma«, sagte Grete.

»Das hat Mama auch gesagt.«

»Wenigstens gibt es noch ein paar vernünftige Leute in der Nachbarschaft. Das mit dem Nachdenken vorm Sprechen erfordert viel Übung.«

»Was können wir nur tun, um ihn zu kriegen?«, fragte Curio.

»Ihr tut gar nichts. Ich will nicht wieder Ärger mit eurem Vater. Ihr guckt mal nach, was die im Goldbekhaus für ein Kinderprogramm haben. Vielleicht gibt es Kino oder einen Bastelnachmittag.«

»Was hältst du denn von Gymnastik für Menschen ab siebzig Jahren?«, fragte Curio. »Oder von der Altentheatergruppe?«

»Nu werde du nicht frech. Die machen feine Sachen.«

»Sag ich doch«, sagte Curio.

»Wo ist denn überhaupt dein Freund Alex? Der kann doch nicht auch auf der Bettmeralp sein. Ihr könntet doch mal Fußball spielen.«

»Der ist mit seiner Mutter und ihrem neuen Freund in Dänemark«, sagte Curio, »aber nur für eine Woche.«

»Ihr haltet euch jedenfalls fein raus aus diesem Kriminalfall«, sagte Grete, »der Kerl ist sowieso schon längst über alle Berge.«

Der Mann sei die Treppe heraufgekommen und habe ganz freundlich gelächelt dabei und Blumen in der Hand gehalten, hatte die alte Frau aus der Barmbeker Straße zu Protokoll gegeben. Gelbe Narzissen. Wo sie doch Blumen so liebe. Nein, zu seinem Aussehen könne sie kaum was sagen. Er habe ja eine

Mütze getragen, so kalt wie es in diesem März aber auch sei. Dass der Blumenstrauß von einer guten Freundin wäre, und er käme nur als Bote, habe er gesagt.

Ja, und dann wollte sie nur nach einer Vase gucken, und nachher sei er schon fort gewesen, und die Handtasche auf der Konsole auch. Wo sie doch noch gar nicht dazu gekommen war, das Geld wegzuräumen, das sie für den neuen Küchenherd geholt habe.

»Mit Vasen hat der's ja«, sagte Grete Kölln, als sie die Geschichte von dem zweiten Überfall hörte. Herr Knaub, der bürgernahe Beamte erzählte sie ihr, nachdem er Grete einen Kasten mit zwölf Flaschen Magnusquelle hochgetragen hatte.

»Passen Sie bloß auf, Frau Kölln«, schnaufte er. »Der Kerl ist ganz ausgekocht. Schon die zweite alte Dame, bei der er den wunden Punkt gekannt hat. Dass sich Frau Triebel so nach Familie sehnt, hat er ja wohl auch herausgekriegt.«

»Wenn das schon ein wunder Punkt ist, Blumen zu lieben«, sagte Grete, »was ist denn dann meiner?«

»Ihr Kater«, sagte Knaub, »und die Kinder.«

»Viola und Curio?«

»Genau. Die sind doch fast wie Ihre eigenen.«

»Aber wir drei sind auch fein plietsch«, sagte Grete.

»Ganz auf den Kopf gefallen sind die anderen Damen auch nicht.«

»Bei der Triebel bin ich mir da nicht so sicher«, sagte Grete, »die vergisst immer ihre Tabletten zu nehmen. Für die Durchblutung des Gehirns. Hat der Hausarzt ihr verschrieben. Bei mir hat er gesagt, es sei noch nicht nötig.«

Grete Kölln schloss die Tür auf und ließ Herrn Knaub mit

dem Wasserkasten ein. Der Kater saß auf dem Kanapee und fauchte. Herr Knaub und er waren sich nicht ganz grün, seit der Polizist ihn mal eher unsanft aus anderer Leute Vorgarten befördert hatte, in dem Amadeus des Öfteren ein Amselnest ins Visier nahm. Doch es gehörte zu Gretes Gepflogenheiten, nach dieser Wasserträgerei einen feinen Mokka anzubieten. In den Tässchen mit Goldrand. Ob es dem Kater nun passte oder nicht.

»Omi-Teller hat Curio so ein Porzellan genannt, als er es bei Frau Triebel gesehen hat«, sagte sie. »Die Jugend hat einfach keine Ahnung mehr davon, was ein bisschen was her macht.«

»Ja«, sagte Knaub, »ich hab gehört, dass Frau Triebel den Tisch so hübsch gedeckt hatte. Kommt ja wohl sonst selten einer zu Besuch bei ihr.«

»Nee«, sagte Grete, »nur Diebe und Mörder.«

»So schlimm ist es ja nicht ausgegangen. Dank Ihrer Vorahnung.« Herr Knaubs Blick blieb an dem Stapel Karten hängen, der auf dem Küchentisch lag. Er hielt nichts von Spökenkiekerei.

»Und der Beherztheit der Kinder«, sagte Grete, »schade, dass die beiden nicht in die Zeitung gekommen sind. Oder vielleicht ist es ein Glück. Sonst hätte der Kerl sie nachher noch auf dem Kieker. Das fehlte gerade.« Grete goss den Mokka ein. »Schwarz wie die Nacht«, sagte sie und klang zufrieden.

»Wo ich heute Nachtdienst habe. Doch hier bei uns in Winterhude geschehen die größeren Untaten ja jetzt am helllichten Tage.«

»Nun ist er zwei Mal gesehen worden«, sagte Grete, »einmal mit Blondhaar und dann mit Mütze. Da wird er sich doch hoffentlich vom Viertel fernhalten und es nicht noch einmal wagen. Oder waren das vielleicht zwei ganz verschiedene Kerle?«

»Handschuhe hat er jedenfalls nicht getragen«, sagte Knaub, »trotz des kalten März. Wir haben in den Wohnungen der beiden Damen identische Fingerabdrücke gefunden.«

»Komisch eigentlich«, sagte Grete.

»Vielleicht geht er rüber nach Barmbek oder Eppendorf. Aber verlassen würde ich mich nicht darauf, Frau Kölln. Wenn er Geld für Drogen braucht, vergisst er alle Vorsicht.«

»Glaube ich nicht, dass es ein Drogensüchtiger ist«, sagte Grete, »laut der ollen Triebel sieht er aus wie das blühende Leben.«

6.

Viola stand hinten in der Schlange vor der Kasse von Budni und betrachtete die Flasche Shampoo, die sie sich ausgesucht hatte. Farbglanz. Brachte sicher überhaupt nichts. Jedenfalls nicht die Veränderung, die Viola erhoffte. Vermutlich hatte Mama ihr das Zeug nur empfohlen, weil sie wusste, dass es dunkelblonde Haare dunkelblond sein ließ und kein Mensch erkennen konnte, dass Viola versuchte, sich die Haare zu färben.

Vorne an der Kasse ging es nicht weiter, Viola hatte keine Ahnung, warum. Es war schon heftig an der Glocke geläutet worden, die von der Decke hing, um in solchen Fällen weitere Kassiererinnen herbeizuholen. Doch keine kam. Der Mann, der vor Viola stand, guckte dauernd auf die Uhr und fing an zu fluchen. Hatte wohl keine allzu große Lust, seine Mittagspause im Drogeriemarkt von Budnikowsky zu verbringen und das Angebot von Waschmitteln zu studieren, zu denen sie sich vorgearbeitet hatten.

Irgendwer blockierte da vorn den Ablauf. Eine weibliche Stimme mit viel Empörung drin war zu hören. Vielleicht hatte ja jemand geklaut. Viola stellte sich auf die Zehen und sah nichts, was eine Erklärung für den Stau gegeben hätte, nur dass es zu schneien angefangen hatte. Wenn das so weiterging, wurde es noch was mit Wintersport in den Märzferien. Mit dem Schlitten den Hügel runter auf dem großen Spielplatz am Goldbekmarkt.

Wie es wohl Kathi gerade ging, auf der Bettmeralp? Viola stellte sich vor, dass ihre beste Freundin sich die Haare färbte für so eine Almparty. Feuersalamanderrot. Aber vielleicht lief sie auch gerade Slalom in den Schweizer Bergen.

Viola drehte sich nach hinten, um die Länge der Schlange zu sehen. Inzwischen reichte sie bis zu den Kratzschwämmen und Spülbürsten. Ein echtes Gemeinschaftserlebnis.

Sie wollte sich wieder umdrehen, doch da blieb ihr Blick an dem Jungen hängen, der hinter ihr stand. Eigentlich schien er schon ziemlich erwachsen zu sein, doch er hatte super blaue Haare. Ein Schimmer violett war mit dabei. Viola schenkte dem jungen Mann ein Lächeln und war kurz davor, nach dem Produkt zu fragen, das diese Farbe verursacht hatte. Doch da ging ein Geraune und Geschubse los, und Viola guckte nach vorn und sah die beiden Polizisten, die auch in der Wohnung von Frau Triebel gewesen waren. Sie nahmen gerade eine kleine Alte zwischen sich, die aus ihrem Kopftuch herauslugte wie ein verängstigtes Frettchen. Sie sah wirklich armselig aus, diese alte Frau. Viola erinnerte sich nicht, sie schon mal gesehen zu haben.

»Die hat da vorn versucht, ein Portemonnaie aus der Tasche zu stehlen«, sagte jemand, der vor Viola stand.

Der junge Mann hinter Viola räusperte sich. Sie guckte ihn an, um gleich noch mal einen Blick auf die magischen Haare zu werfen, doch er sah ganz bleich aus, als sei ihm kotzübel geworden, und da wirkte auch das Blau nicht mehr so richtig vorteilhaft.

»Ist immer unangenehm, da zuzugucken, nicht wahr?«, sagte Viola und war selbst überrascht, dass sie ein geistreiches Gespräch anfangen wollte. Nachher bildete der sich sonst noch was ein.

Doch er rang sich ein Lächeln ab und nickte. Wahrscheinlich hielt er sie für ein Kleinkind und ahnte nicht, dass sie im April dreizehn werden würde. Sie wollte noch was sagen, doch er guckte ganz angestrengt auf die Schokoladentafeln, an denen sie jetzt vorbei kamen, denn auf einmal ging es wieder voran. Viola überlegte, ob sie rübergreifen und für ihre Mutter eine Tafel Ritter Sport mit Sonnenblumenkernen mitnehmen sollte. Dann hätte Carola das Gefühl, sich gesund zu ernähren und äße die Schokolade mit ihnen zusammen und nicht wieder heimlich im Schrank. Aber dann erinnerte sie sich an das Geschrei heute Morgen im Bad, nachdem Carola auf der Waage gestanden hatte.

Einen Augenblick lang zögerte Viola sogar, die Flasche Shampoo mit garantiertem Farbglanz auf das Laufband zu stellen. Wahrscheinlich war es verschwendetes Geld.

»Na, willst du sie nun haben?«, fragte die Kassiererin.

»Klar«, sagte Viola und stellte die Flasche hin. Es wäre zu dämlich, sie hier zu lassen nach der endlosen Warterei. Doch das würde nicht gerade eine Mega-Veränderung werden in ihrem Haar. Sie wusste es.

Curio fand eine Ansichtskarte im Briefkasten, auf der eine große Düne zu sehen war. Hier habe ich gestanden, um meinen neuen Drachen steigen zu lassen, schrieb Alex aus Dänemark, Tom hat ihn gebastelt, doch leider war kein Wind da. Das sah dem neuen Freund von Alex' Mutter ähnlich, Drachen zu basteln ohne Wind.

Curio schnaubte verächtlich. Aber um ehrlich zu sein, wann hatte sein eigener Vater mal was gebastelt außer Werbetexten?

Gestern hatte Papa ja in Aussicht gestellt, in eine Ausstellung über Klaus Störtebeker zu gehen, den legendären Seeräuber, der den Hamburger Kaufleuten damals so viel Ärger gemacht hatte. Aber Curio ahnte schon, dass da nur wieder Glaskästen mit Münzen herumstehen würden. Von abgeschlagenen Köpfen wie immer keine Spur. Es war wirklich seltsam, dass sie oft so ganz unterschiedliche Vorstellungen von Vergnügen hatten. Dabei waren seine Eltern noch gar nicht so alt, nicht wie Alex' Mutter, die war fast fünfzig und sprang mit immer neuen Freunden herum. Obwohl das auch nicht das Wahre sein konnte. Alex kam ganz schön ins Schwitzen bei all den Namen, und dann waren sie auch noch gleich beleidigt, wenn er mal einen falschen sagte.

Curio stieg die Treppen hoch und besah dabei die anderen Briefe. Nichts Aufregendes. Jedenfalls keine Post vom Finanzamt, die löste bei ihnen immer die größten Dramen aus. Für Papa war noch ein Brief aus England dabei. Sicher von seinem alten Freund Nick, der ganz lange hier in Hamburg gelebt hatte, aber das war vor Curios Geburt gewesen und er hatte Nick erst einmal gesehen.

»Bist du es, Viola?«, rief Papa aus der Küche, kaum dass Curio die Tür aufgeschlossen hatte.

»Nee«, sagte Curio. Wieso war Papa schon wieder da, wenn er erst vor zwei Stunden das Haus verlassen hatte, um in die Agentur zu gehen? Das sollte doch so eine wichtige Besprechung werden.

Er ging in die Küche und sah Papa am Herd stehen und in einem Topf rühren. Alles eher verdächtig.

»Wusstest du, dass der Nudelverbrauch pro Kopf in Deutschland ständig steigt?«, fragte Papa.

»Bei uns auf jeden Fall«, sagte Curio, »warum bist du schon hier?«

»Weil die Besprechung abgeblasen wurde«, sagte Steffen und gab sich betont heiter. »Dem Nudelfabrikanten gefällt unser Konzept noch nicht. Der Grafiker hat lauter tanzende Tagliatelle und Spaghetti gezeichnet und ich hab dazu Texte entworfen, so eine Art Ball der Nudeln, aber das fanden sie albern.«

»Warum sollen glückliche Nudeln nicht tanzen?«, fragte Curio.

»Du wirfst da was durcheinander. Nicht die Nudeln sind glücklich, sondern die Menschen, die sie essen. Weil sie sie essen.«

»Und darum kochst du jetzt Nudeln?«

»Ich koche Nudeln, weil Mama den ganzen Tag im Studio ist und weil es sich gefügt hat, dass ich zu Hause bin und dafür sorgen kann, dass ihr was Warmes in den Bauch kriegt. Wenn deine Schwester nur endlich mit dem Salat käme, dann wären auch noch Vitamine dabei. Aber Viola braucht ja wohl ewig.«

Es klingelte Sturm, kaum dass er es gesagt hatte. Curio ging zur Tür und griff in großer Gelassenheit den Hörer der Sprechanlage.

»Nimm den Daumen vom Klingelknopf«, sagte er.

»Quatsch nicht. Ich muss aufs Klo«, war Viola zu hören.

Curio drückte sofort auf den Summer. Viola hatte sein volles Verständnis. Es war Qual genug, jetzt noch vier Stockwerke hochzulatschen. Hatte er alles schon selber durchlitten. Er nahm ihr den Salat ab, als sie die letzte Stufe geschafft hatte und an ihm vorbeisauste. Den ganzen Flur entlang zum Klo.

»Viola!«, rief Papa aus der Küche.

Curio kam herein und hielt ihm die Tüte mit dem Salat hin.

»Den gibt es jetzt zum Nachttisch«, sagte Papa. Er nahm den

Topf vom Herd und goss das Nudelwasser ab. Curio guckte in das Sieb. Kurze, dicke Röhren, die ziemlich weich gekocht waren.

»Was gibt es dazu?«, fragte er.

»Butter«, sagte Papa, »und geriebenen Käse, wer will.«

»Mama macht aber immer eine Sauce dazu.«

»Bitte keine Sätze mit ›Mama macht aber immer‹, wenn ich koche.«

»Das war wirklich in letzter Minute«, sagte Viola, die gerade zur Küchentür hereinkam.

»Das kann man wohl sagen«, sagte Papa, »wo warst du denn so lange? Du solltest doch nur einen Salat kaufen.«

»Ich war schnell noch bei Budni.«

»Von schnell kann da ja nicht die Rede sein«, sagte Curio.

Er fing an den Tisch zu decken. Konnte nicht schaden, mal das brave Kind zu geben, das ganz selbstlos im Haushalt half. Sonst hatte Viola immer die Nase vorn.

»Ich stand ewig lange in der Schlange«, sagte Viola, »an der Kasse war irgendwas los. Nachher hab ich gesehen, dass die Polizisten, die auch bei Frau Triebel waren, eine alte Frau abführten. Sie soll versucht haben, ein Portemonnaie zu klauen.«

»Hast du sie gekannt?«, fragte Curio.

»Nee. Ich hab sie noch nie hier gesehen. Sie sah richtig arm aus.«

»Ne Pennerin?«, fragte Curio.

»Eine Obdachlose heißt das«, sagte Papa, »ein Mensch ohne Wohnung, der auf der Straße leben muss.«

»Klar«, sagte Curio, »weiß ich doch.«

»Glaub ich nicht, dass sie eine ist«, sagte Viola.

»Was machen sie jetzt mit ihr, Papa?«, fragte Curio.

»Die Personalien aufnehmen und sie dann laufen lassen.«

»Sie hatte richtig Angst«, sagte Viola, »das konnte man sehen.«

»Ist ja auch eine scheußliche Situation«, sagte Papa.

»Hast du schon mal was geklaut?«, fragte Curio.

»Ja«, sagte Papa, »und ich bin nicht stolz darauf. Da war ich noch Student, aber das entschuldigt es ganz bestimmt auch nicht.«

Er hockte vor dem Küchenschrank und sah aus, als wolle er gleich hineinkriechen vor Scham, doch er suchte nur die Käsereibe.

»Was war es denn?«, fragte Viola.

»Auch was aus der Drogerie.«

»Kondome wahrscheinlich«, sagte Viola.

Papa kam aus der Hocke hoch und hielt die Käsereibe und sah seine Tochter an. Ein bisschen Ärger war in seinen Augen, aber vor allem Verwunderung. Er konnte sich viel schlechter als Carola daran gewöhnen, dass die Kinder groß wurden.

»Ich hab mal eine Haselnuss geklaut«, sagte Viola, »beim Türken. Da war ich im zweiten Schuljahr. Am anderen Tag hab ich ihm eine Erdnuss hingelegt. Die Haselnuss hatte ich nicht mehr.«

»Das ist löblich«, sagte Papa. Er war schon wieder gerührt von seiner Kleinen, die in drei Wochen dreizehn sein würde.

»Kommt mir bloß nicht auf die Idee zu klauen«, sagte er. »Gehört sich nicht, ist moralisch verwerflich und kann nur Ärger bringen.«

Dann servierte er die kalten Nudeln.

7. Frau Prüssing hatte sich über die blauen Haare geärgert. Diese Farbe gehörte sich nicht. Schon gar nicht für einen Mann. Sie wunderte sich nur, dass die Bankangestellten gelassen blieben und so taten, als sähe dieser junge Mensch ganz normal aus. Frau Prüssing hätte zu gerne mit ihnen ein kleines missbilligendes Lächeln ausgetauscht, dann hätte man doch wieder das Gefühl haben können, unter seinesgleichen zu sein.

Doch wahrscheinlich waren sie hier schon Schlimmeres gewöhnt. Eigentlich sollte sie auch längst abgehärtet sein. All die Knöpfe, die diese Leute sich durch Ohren und Nasen steckten. Wie Popel sahen die aus. Und die Kleidung – oft seltsam genug. Dass du das aber auch aushältst hier, hatte ihre Bekannte aus Poppenbüttel erst kürzlich gesagt. Winterhude wird ein Viertel für Künstler und Streuner. Gibt ja kaum noch gut angezogene Leute.

Ein gepflegtes Beige. Das passte eigentlich zu allen Menschen.

Frau Prüssing pustete ein Stäubchen von ihrem Wintermantel, der eigentlich eher ein gedecktes Braun hatte. Es wurde Zeit, dass es Frühling wurde und sie den helleren Regenmantel aus dem Schrank holen und auslüften konnte.

Sie kam bei Fisch Böttcher vorbei und staunte, dass so viele Leute an einem ganz beliebigen Tag anstanden. Noch kein

Ostern und längst kein Weihnachten, und alle kauften wie verrückt. Dabei war Fisch doch so ein Luxus geworden, aber die Leute konnten den Hals nicht voll kriegen. Alle wollten immer mehr.

Am Poelchaukamp überquerte sie die Straße und bog gleich in die Preystraße ein. Vielleicht hätte sie sich doch noch ein bisschen Krabbensalat mitnehmen sollen. Man gönnte sich ja sonst nichts, und sie hatte doch gerade wieder eine größere Summe Geld abholen können, wo es so schön Zinsen für die Aktien gegeben hatte. Sie war eben nicht nur sparsam gewesen, sondern auch geschäftstüchtig. Darum ging es ihr jetzt gut im Alter. Wenn sie so sah, wie andere Alte knapsen mussten und sich Sorgen machten, da konnte sie sich nur beglückwünschen.

Frau Prüssing holte ihren Hausschlüssel aus der Manteltasche und schloss die Tür auf. Ein Glück, dass es einen Aufzug gab in ihrem Haus und sie nicht sechs Treppen laufen musste. Auch wenn sie gut in Form war und nicht so verfettet wie andere.

Sie ging in den Aufzug und drückte den Knopf für den dritten Stock. Es ging ein bisschen schwerfällig hinauf. Das wurde wohl wieder Zeit, dass der Aufzug gewartet wurde. Aber der neue Hausmeister kümmerte sich ja um nichts.

Frau Prüssing öffnete die Aufzugtür und ließ sie laut zuknallen, weil sie sich noch immer über den Hausmeister ärgern musste. Den Wohnungsschlüssel hatte sie schon gezückt, doch dann zögerte sie und lauschte in das Treppenhaus hinein. Da lief einer ganz eilig die Stufen hinauf. Wer da wieder ins Haus kam, doch bestimmt kein Bewohner? Hatte sie denn die Tür unten nicht ins Schloss fallen lassen? Die klemmte ab und zu und keiner tat was, um das zu beheben. Frau Prüssing ging schon wieder die Galle hoch. Früher war das alles anders gewesen. Da waren die Leute noch dienstfertiger und wussten, was sich gehört.

Sie wandte sich ihrer Wohnungstür zu, weil es still geworden war.

Seltsam eigentlich, sie hatte gar keine Tür gehen hören. Nun fiel ihr auch noch das Schlüsselbund hin. Dabei war sie wirklich nicht nervenschwach. Frau Prüssing bückte sich und rückte gleich noch die Fußmatte gerade, die irgendjemand verschoben hatte.

Das Nächste, was sie bemerkte, war diese Bewegung hinter sich. Doch noch ehe sie auch nur mit Herzklopfen reagieren konnte, roch sie schon den Äther. Die Blinddarmoperation vor vierzig Jahren fiel ihr ein. Da hatte sie auch Äther einatmen müssen, um narkotisiert zu sein. Frau Prüssing hielt sich noch einen Augenblick aufrecht, und das reichte, um die blauen Haare wahrzunehmen. Dann fiel sie in Ohnmacht.

Das Abendblatt lag ausgebreitet auf Grete Köllns Küchentisch. Grete guckte immer wieder auf die Schlagzeile des Hamburg-Teils: »Dritter Raubüberfall in Winterhude. Wieder eine Rentnerin.«

»Guck sich das bloß einer an«, sagte sie und griff nach der Tasse Kaffee, von dem sie schon was auf die Zeitung gekleckert hatte. Dieser Rentnerinnenhasser machte sie allmählich nervös. Vielleicht lauerte er auch schon bei ihr auf der Treppe.

»Ob ich mal nachsehen gehe?«, fragte sie und guckte den Kater an. Amadeus hob den Kopf und ließ ihn wieder aufs Kanapee sinken. Er hatte es sich gemütlich gemacht bei dem Sauwetter.

Grete stand auf und ging zum Küchenfenster.

»Da sind die Schneeflocken, auf die wir Weihnachten gewartet haben«, sagte sie, »nu will ich sie auch nicht mehr.«

Grete zuckte zusammen. Da war doch Gepolter im Treppenhaus. Half wohl alles nichts, sie musste mal ihren Kopf aus der Tür halten, statt hier die Bangnase zu geben. Vielleicht brauchte ja einer Hilfe, da konnte man doch nicht einfach Augen und Ohren verschließen.

»Du könntest mitkommen und die Krallen zeigen«, sagte sie zum Kater, doch der rührte sich nicht.

Grete ging in den kleinen Flur und griff sich den guten Knirps mit dem Knauf aus Metall, bevor sie die Wohnungstür öffnete. Alles ruhig auf ihrem Stockwerk, doch auf der obersten Treppe zum Dachboden schien was los zu sein. Sie zog die Tür hinter sich zu und fing an, die Stufen hochzusteigen. Es war wieder still oben.

»Mut hat selbst der kleine Muck«, sagte Grete, als sie die letzte Treppe erreichte. In dem Moment wurde die Tür zum Boden aufgestoßen und Curio kam zum Vorschein.

»Du bist es«, keuchte Grete, »ich dachte, es sei der Rentnerinnen-Killer. Was ist denn das für ein Krach?«

»Noch ist keine gestorben«, sagte Curio.

»Na, du machst mir Spaß. Das passiert hoffentlich auch nicht. Es sei denn, ich krieg gleich einen Herzschlag.«

»Tut mir Leid, Oma Kölln«, sagte Curio, »uns ist nur das Klappbett auseinander gefallen und die halbe Treppe runter. Nun haben wir das Ding zurück auf den Dachboden getragen und versuchen, es wieder zusammenzukriegen, damit Mama sich nicht aufregt.«

»Viola und du versuchen das?«

Curio nickte. »Sie ist schon fast fertig«, sagte er.

»Wofür braucht ihr denn ein Klappbett?«

»Papas alter Freund Nick kommt aus England und will bei uns übernachten. Mama sagt, das habe ihr gerade noch gefehlt.«

Die Bodentür ging auf und Viola erschien.

»Oma Kölln«, sagte sie, »du bist auch hier. Ich hab das olle Ding wieder zusammengekriegt.«

»Dann ist ja gut«, sagte Grete, »tragt es nach unten und kommt anschließend mal zu mir. Ich will euch was zeigen.«

Sie drehte sich um und wollte die Treppe hinuntersteigen. Doch sie blieb auf dem Absatz stehen und griff in die Taschen ihrer Strickjacke. Erst in die eine und dann in die andere.

»Um Gottes willen«, sagte sie, »jetzt hab ich einen Schirm und keinen Schlüssel.«

»Ist doch nicht schlimm«, sagte Viola, »wir haben doch deinen Ersatzschlüssel.«

»Was wolltest du eigentlich mit dem Knirps?«, fragte Curio.

»Na, dem Killer eins auf den Kopp geben.«

»Ich sehe schon die Schlagzeile vor mir«, sagte Viola, »wütende Oma läuft Amok.«

»Genau«, sagte Grete, »und in der Zeitung wollte ich euch sowieso was zeigen. Nun macht mal mit dem Klappbett voran, dass ich wieder in meine Wohnung komme. Sonst gibt Amadeus diesmal eine Vermisstenanzeige auf.«

Die Kinder beugten sich über Oma Köllns Küchentisch und lasen den Text zum zweiten Mal. Curio stieß kurze, schrille Töne aus, doch Viola war ganz still geworden. Der dritte Überfall in acht Tagen. »Schon wieder bei uns um die Ecke«, sagte sie schließlich.

»Scheint auch derselbe Kerl zu sein«, sagte Grete, »hat er doch tatsächlich Fingerabdrücke auf der Haustür hinterlassen. Kommt mir fast vor, als wollte er erwischt werden. Würde doch keinem auffallen, wenn einer bei diesem Wetter Handschuhe anhätte.«

»Du könntest ihm ja mal Tipps geben«, sagte Curio.

»Dem würde ich den Hosenboden stramm ziehen, wenn ich ihn in die Finger kriegte«, sagte Grete.

»Aber hier steht, dass er blaue Haare hatte«, sagte Viola.

»Wie schnell die gefärbt sind, weißt du doch am besten«, sagte Curio, »vielleicht hat er auch alles vollgesaut damit, dann könnten wir seine Spur aufnehmen.«

»Als ich gestern bei Budni war, da stand einer hinter mir in der Schlange, der hatte blaue Haare.«

»Das will ja nichts heißen«, sagte Grete.

»Aber irgendwie hätte auch Frau Triebels Beschreibung auf ihn gepasst. Er sah nett aus.«

»Auch da gibt es ein paar von«, sagte Grete, »hatte er denn wenigstens blaue Augen und eine lange Nase?«

Viola hob die Schultern. »Ja«, sagte sie.

»Du hast ihn dir wohl genau angeguckt«, sagte Grete.

»Wir standen ja eine ganze Weile da rum.«

»Wie alt, glaubst du denn, war er?«

»Anfang zwanzig vielleicht«, sagte Viola.

»Das hat die Triebel auch gemeint.«

»Ich sag ja, wir können die Spur aufnehmen«, sagte Curio.

»Wir sollten auf jeden Fall die Augen offen halten«, sagte Grete, »ich fühl mich schon richtig umzingelt.«

Sie guckte noch einmal auf das Abendblatt. »Was die Leute

auch immer für ein Geld mit sich schleppen«, sagte sie. »Warum muss die Olle denn viertausend Mark in der Tasche haben?«

Curio kriegte die Krise, als er hörte, dass das Klappbett für Nick in seinem Zimmer aufgestellt werden sollte. Mamas Argumente, dass Nick schlecht bei Viola schlafen könne und es im Wohnzimmer viel zu voll sei, mochten logisch sein, aber kaum tröstlich. Vielleicht konnte er ja ein paar Tage bei Alex pennen, wenn der endlich mal aus Dänemark wiederkäme. Die Vorstellung, die letzte Woche der Ferien mit einem ziemlich fremden Engländer in einem Zimmer zu verbringen, war wirklich nicht verlockend. Nachher guckte Nick ihm noch auf die Finger, und das konnte Curio nun gar nicht gebrauchen, wo er sich entschlossen hatte, den blauen Gangster zu verfolgen. Da durfte von Curios Plänen wenig ans Licht kommen. Carola war leicht erregbar in letzter Zeit. Die würde ihm glatt die schönsten Aktionen verbieten.

»Er könnte doch mit Papa in eurem Bett schlafen und du bei Viola«, schlug er seiner Mutter vor.

»Papa im Doppelbett mit Nick. So weit kommt es noch«, sagte sie.

Doch leider kam es nicht so weit. Das Klappbett stand bei ihm.

Viola war auch keine große Hilfe. Sie war nur erleichtert davongekommen zu sein, und ansonsten spann sie herum und färbte sich einzelne Haarsträhnen blau. Vermutlich sollte das ein Lockruf für diesen Typen werden. Der würde sich hüten.

»Irgendwas stimmt mit dem nicht«, hatte Oma Kölln gesagt. »Lässt überall seine Fingerabdrücke und bleibt immer im gleichen Viertel. Ein Profi kann das wohl kaum sein.«

Morgen sollte Nick eintreffen und Papa wollte mit ihm dann

die große Hamburg-Tour machen. Hafenrundfahrt und Fischessen in Övelgönne und in alle Musikklubs. Einfach mal in Erinnerungen schwelgen, meinte Papa dazu. Den Störtebeker im Museum für Hamburgische Geschichte hatte er auch wieder erwähnt und echte Totenschädel versprochen. Mama fürchtete, dass die Nudeltexte jetzt gar nicht mehr fertig würden. Aber Papa war aufgekratzt und versprach neue kreative Schübe.

Erst mal eine Skizze machen, dachte Curio, so lange er seinen Schreibtisch noch für sich allein hatte, ehe der gute Nick anfing, da Ansichtskarten zu schreiben. Er holte den Zeichenblock aus der Schublade, riss eines der großen Blätter ab und zog mit dem Lineal eine fabelhaft lange Linie. Dann saß er vor der langen Linie und kaute am Bleistift. Geibelstraße, schrieb er schließlich hin, dort war der blaue Gangster zuerst aufgetaucht. Bei Frau Triebel. Dann war er in der Barmbeker gewesen, und wieder nah bei ihnen in der Preystraße. Oma Kölln hatte Recht. Er bewegte sich wirklich nicht weit weg, dieser Typ. Er hing an Winterhude. Dabei würde er dort bald bekannt sein wie ein bunter Hund. Ob blond, blau oder mit Mütze. Lange ging das nicht gut.

»Was machst du da?«, fragte Viola. Sie hatte wirklich eine Art sich anzuschleichen, die einem an die Nerven gehen konnte.

Sie blickte über Curios Schulter und las, was er geschrieben hatte.

»Und was jetzt?«, fragte sie.

»Wir könnten uns vor den Banken hier in der Gegend postieren. Der blaue Gangster wusste immer ganz genau, welche alte Frau einen Haufen Geld in der Tasche hatte.«

»Der blaue Gangster?«

»So hab ich ihn genannt«, sagte Curio und klang verlegen.

»Der hat bestimmt keine blauen Haare mehr«, sagte Viola. »Wie willst du das denn schaffen, dich vor all den Banken zu postieren. Wolltest du dich klonen?«

»Wir habe ich gesagt. Ich dachte, du hilfst.«

»Gut, dann steh ich vor der Haspa und du vor der Dresdner, dann hätten wir gerade mal die beiden am Mühlenkamp.«

»Frau Triebel war bei der Dresdner und die Tante aus der Preystraße hat ihre Tausender auch da geholt.«

»Bei Frau Triebel hat er es ganz anders eingefädelt. Die hat er ja selbst zur Bank geschickt.«

»Aber die anderen beiden haben viel Geld von der Bank geholt, von dem er vorher wohl nichts gewusst haben konnte. Also hat er das in der Bank gesehen.«

»Du bist schon ein Schlauköpfchen«, sagte Viola.

»Dann mach mit«, sagte Curio.

»Du glaubst doch nicht, dass dein blauer Gangster schon wieder alte Damen ausspioniert. Das wird viel zu gefährlich für ihn.«

»Der scheint dringend jede Menge Geld zu brauchen«, sagte Curio, »die Eile, die der hat. Das ist ein richtiger Hektiker.«

Viola seufzte. Sie sah über Curios Schreibtisch hinweg in den Hof und dachte an den jungen Mann, der hinter ihr in der Schlange gestanden hatte. Wie ein Hektiker hatte der nicht gewirkt. Er war gelassener gewesen als die anderen. Erst als die Polizisten in den Laden gekommen waren, hatte er sich verkrampft und war ganz weiß geworden. Vielleicht hatte er angenommen, dass sie seinetwegen dort aufkreuzten. Oder hatte er sich wegen der Alten so aufgeregt? Dass sie ihm einfach Leid tat?

»Woran denkst du?«, fragte Curio.

»An den Typen, den ich bei Budni gesehen habe.«

»Der mit den blauen Haaren? Glaubst du, er ist es?«

»Nein«, sagte Viola, »der hat bestimmt nichts damit zu tun.«

Curio zuckte die Achseln. »Ich fang jedenfalls bei der Dresdner Bank an«, sagte er, »und ich nehme mein Sparbuch mit. Dann kann ich mir was von Lego kaufen, wenn sonst alles Frust ist.«

»Gute Idee«, sagte Viola, »das mache ich auch und gönne mir die Jeansjacke. Was anderes als Frust kann das ja kaum werden.«

Curio warf noch einen Blick auf das Klappgestell und ließ sich dann mit ein paar Micky Maus-Heften auf das eigene Bett fallen.

Die Stunden der Freiheit wollte er noch genießen. Die Banken schlossen heute sowieso schon um vier.

8.

Papa hielt es für eine großartige Idee, dass sie Nick gemeinsam von der Fähre abholten. Nur Carola war befreit davon, weil sie drehen musste. Trixi die Maus sollte in vierundzwanzig Folgen gesendet werden, und die wurden beinah pausenlos produziert.

So waren es Viola, Curio und Papa, die zum Bahnhof fuhren, um den Zug von der Englandfähre in Cuxhaven mit dem nicht von allen freudig erwarteten Gast zu empfangen.

Wenigstens sprach Nick so gut Deutsch wie sie alle zusammen. Hatte Papa jedenfalls behauptet und damit Violas und Curios Befürchtungen zerstreut, dass ihr Englisch auf den Prüfstand käme. Schließlich waren noch Ferien und Curio war nicht bereit, auch nur eine Vokabel freiwillig herauszulassen.

Nick hatte viel weniger Haare als Papa und eine Brille, die aussah wie ein Kneifer, und sein Anzug wirkte ein bisschen so, als habe er auf der Fähre darin geschlafen. Außerdem war das Jackett falsch geknöpft. Curio sah es mit Freuden, einen Ordnungsfanatiker hätte er in seinem Zimmer auch nicht brauchen können.

Papa kriegte eine Umarmung und Curio einen kleinen Knuff und Viola eine Verbeugung, die Curio albern fand, die aber bei Viola nicht ohne Wirkung blieb. Sie guckte auf einmal viel freundlicher. Schien ein ausgekochter Bursche zu sein, dieser

Nick. Papas alten Opel tätschelte er, als stünde da ein erstklassig gepflegtes Luxusgefährt und keine abgewrackte Familienkutsche. Vielleicht war er auch nur gerührt, dass die alte Karre immer noch da war.

»Ich habe ein paar Shakespeare-Zitate auswendig gelernt, um Carola zu erfreuen«, sagte Nick.

»Na, ich weiss nicht«, sagte Steffen, »könnte sein, dass du damit weitere Wunden bei ihr aufreißt. Sie ist ziemlich frustriert über eine neue Rolle, die sie beim Fernsehen hat.«

»Was macht ihr da Kummer? Fernsehen bringt große Popularität«, sagte Nick. Er hatte einen netten kleinen Akzent.

»Sie spielt eine dicke Maus«, sagte Viola.

»Aha«, sagte Nick.

Natürlich sollte er keine Nudeln essen, obwohl die Vorräte immer noch groß genug waren und deshalb fuhren sie noch einen Schlenker zu ›Hummer Pedersen‹. Papa kaufte fünf Schollen, obwohl Curio Fisch doch nur in Form von Stäbchen aß. Immerhin kriegten er und Viola jeder einen Aufkleber. ›Hummer statt Kummer‹ stand darauf. Einen davon konnten sie ja Mama schenken. So was brachte sie zum Lachen.

Als sie in den Poelchaukamp kamen, war alles von Polizeiautos verstopft. Ein Notarztwagen stand auch da.

»Hoffentlich nicht schon wieder eine Rentnerin«, sagte Steffen, »das wäre schon die vierte.«

»Was passiert mit ihnen?«, fragte Nick.

»Eine nach der anderen wird ausgeraubt. Immer in ihren eigenen Wohnungen. Von einem jungen Mann, der sich ständig was Neues einfallen lässt, um sich Zutritt zu verschaffen.«

Viola und Curio wurden ganz zappelig auf dem Rücksitz.

»Können wir raus, Papa?«, fragte Viola.

»Ihr wollt eure Nasen doch wohl nicht noch mal da reinstecken?«

»Oh«, sagte Nick, »sie waren schon drin, die Nasen?«

»Das erzählen wir dir noch«, sagte Viola. »Bitte, Papa.«

Steffen hatte nicht die allergeringste Absicht, sein Einverständnis zu geben. Doch dann musste er an einer roten Ampel halten und das schienen Viola und Curio gründlich misszuverstehen.

»Halt!«, brüllte Steffen, als er seine Kinder davonlaufen sah. Die beiden drehten sich um und winkten ihm zu, als sei es ein freundliches Abschiedswort gewesen.

»Ich wette, er wird stinksauer sein«, sagte Curio.

»Nick lenkt ihn sicher ab«, sagte Viola.

»Von dem bist du ja ganz schön beeindruckt«, sagte Curio.

Dann stürzten sie auf einen Jungen aus Curios Klasse zu, der in einer Gruppe von Leuten stand, die sich vor einem Haus mit weit geöffneter Tür versammelt hatten.

Viola schenkte Oma Kölln den einen der Hummer-Aufkleber. Ein kleines Gastgeschenk, weil sie ihr so in den Mittagsschlaf hineinplatzten. Doch erstens waren sie voller Neuigkeiten und zweitens wollten sie ihrem Vater noch Zeit lassen, um sich zu beruhigen. Er hatte einen ziemlich roten Kopf gehabt, als sie ihn verließen.

»Diesmal war es wieder der Trick mit dem Äther«, sagte Curio, »das hatte in der Preystraße wohl prima geklappt.«

»Aber die Frau im Poelchaukamp ist nicht so schnell gefunden worden. Die lag vor ihrer Wohnung und wäre fast am Erbrochenen erstickt. Dann hätte er einen Mord auf dem Gewissen gehabt.«

»Du lieber Gott«, sagte Grete, »man kann sich doch nicht dauernd umgucken, ob da gerade einer ein Tuch mit Äther getränkt hat. Wen hat es denn dieses Mal erwischt?«

»Den Namen kannte Max auch nicht. Obwohl er nebenan wohnt. Aber er sagte, die Frau habe nichts mit den Nachbarn am Hut, nur manchmal geschimpft, wenn Kinder im Hof spielten.«

»Und wer ist Max?«

»Der ist in meiner Klasse«, sagte Curio, »und sein Vater, der ist Mathematiklehrer an Violas Schule.«

»Das ist doch ein guter Leumund«, sagte Grete.

»Ein was?«, fragten beide gleichzeitig.

»Ich meine nur, dass das für den Max als Auskunftsperson spricht. Dann kennt ihr ihn sicher gut genug, um zu wissen, ob er nicht nur so ein Sabbelkopp ist.«

»Warum sagst du das dann nicht so?«, fragte Curio.

»Es gehen einfach viel zu viele Wörter verloren, die ihr alle nicht mehr kennt«, sagte Grete, »da muss man doch mal wieder eines davon vor eure Füße fallen lassen.«

»Papa will auf keinen Fall, dass wir uns um die Sache kümmern.«

»Das kann ich gut verstehen«, sagte Grete.

»Lass du uns jetzt nicht hängen«, sagte Viola, »du hast das alles doch eingefädelt.«

»Für die Triebel ist das auch fein gewesen. Aber was meinen Leumund bei euren Eltern angeht, der hat Schaden genommen.«

Grete Kölln nahm den Aufkleber, der noch auf dem Küchentisch lag und ging zum Kühlschrank. »Was meint ihr, soll ich euren Hummer da draufkleben?«, fragte sie.

»Guter Platz«, sagte Curio.

Grete klebte. »Reinste Aufschneiderei«, sagte sie, »wo ich doch nur einen Rest Eintopf drin habe.«

»Sonst nichts?«, fragte Viola. Sie war erschrocken.

»Ein bisschen Butter ist auch noch da. Und Marmelade. Und saure Gurken. Keine Bange, ich werde schon nicht verhungern. Ich hab auch noch einen ganzen Haufen Köllns Haferflocken im Schrank. Aber einkaufen kann ich erst wieder, wenn die nächste Rente da ist. Die olle Heizkostenrechnung musste ja mal bezahlt werden.«

»Dann bist du wenigstens kein Opfer für den blauen Gangster.«

»Der blaue Gangster. So so«, sagte Grete, »nee, da bin ich wohl nicht die Zielgruppe. War er denn wieder blau?«

»Wissen wir nicht«, sagte Viola.

»Aber Max sagt, es hätte jemand einen jungen Mann aus dem Haus kommen sehen«, sagte Curio.

»Welche Farbe hatte der denn diesmal?«, fragte Grete.

»Gar keine. Er hatte eine Glatze.«

»Der schreckt ja vor nichts zurück.«

»Wenn er es überhaupt war«, sagte Viola.

»Ich stell mich heute nachmittag jedenfalls in der Haspa auf«, meinte Curio.

»Das macht der doch heute nicht noch mal«, sagte Viola.

»Und wieso überhaupt in der Haspa?«, fragte Grete.

»Curio hat die Theorie, dass der Typ die Frauen in der Bank ausspioniert. Dann sieht er, wie viel Geld sie holen.«

»Er hat doch schon einen ganz feinen Batzen zusammen«,

sagte Grete. »Da müsste er doch fürs Erste mit auskommen. Warum riskiert der Kerl nur so viel?«

»Er will ein neues Auto«, schlug Curio vor.

Grete schüttelte den Kopf. »Ich glaube, so einfach ist das nicht«, sagte sie, »da steckt was anderes hinter.«

»Vielleicht braucht er das Geld für eine Operation«, sagte Viola.

Grete sah sie prüfend an.

»Du bist eine sentimentale Kuh«, sagte Curio.

Viola wurde ganz schön rot.

Steffen und Nick waren gar nicht zu Hause. Wahrscheinlich schwelgten sie schon in Erinnerungen und standen jetzt am Lehmweg herum und legten eine Gedenkminute für ›Onkel Pö‹ ein. Das war mal Papas liebste Kneipe gewesen. Ab und zu legte er eine Platte mit der Musik auf, die damals im Pö gemacht worden war. Aber den Laden gab es längst nicht mehr.

Die Schollen lagen im Kühlschrank und warteten auf Carola. Die würde sich freuen. Aber das hatten sich Viola und Curio gleich gedacht, dass Papa die Schollen nicht selbst braten wollte. Er hatte genügend Probleme mit dem Kochen von Nudeln.

Viola und Curio genossen die Stille in der Wohnung für ein paar Minuten und drehten dann das Radio voll auf, um N-joy zu hören.

O-Town sangen gerade ›We fit together‹. Das musste man noch viel lauter hören. Ging nicht anders. Da hatte ein Stockwerk tiefer auch Oma Kölln was davon.

Mitten im schönsten Lärm von N-joy rief Max an, um zu erzählen, dass die beraubte Dame Zintel hieß und ihr fünfhundert

Euro fehlten. Curio lud Max ein, mit ihm zur Hamburger Sparkasse zu kommen und die Augen offen zu halten, ob nicht noch weitere Damen eine Menge Geld von ihren Konten holten, um es anschließend ganz schnell wieder loszuwerden.

Max versprach um vier dort zu sein und wenigstens eine Wache zu übernehmen. Er stellte auch ein Handy in Aussicht.

»Das glaub ich jetzt nicht«, sagte Viola, »dass der Sohn von Dr. Lange ein Handy hat. Lange stänkert doch ständig dagegen an.«

Handys waren ein wunder Punkt in ihrem Leben. Ihre Eltern waren leider stur in dieser Frage, und Violas Geburtstag im April würde wahrscheinlich eine weitere verpasste Gelegenheit sein, im Club der Seligen aufgenommen zu werden, denen die Welt gehörte, weil sie SMS verschicken konnten.

»Du weisst doch, wie schizophren Lehrer sind«, sagte Curio.

Er kramte in seinem Schreibtisch und suchte sein Sparbuch, das er immer viel zu gut versteckte. Eine Vorsichtsmaßnahme, die ihm völlig überflüssig vorkam, als er es schließlich in einem alten Schulheft fand und die Summe seines Ersparten betrachtete. Gerade mal knappe zwanzig Euro.

»Gehst du denn nun zur Dresdner?«, rief er zu Viola rüber.

Viola erschien im Türrahmen und wedelte mit ihrem Sparbuch.

»Erst mal komme ich mit dir und hebe Geld ab«, sagte sie.

»Die Jeansjacke gibt es erst bei Frust«, sagte Curio.

»Ich hab noch hundertzwanzig drauf.«

Curio seufzte. Er hatte keine Ahnung, wie seine Schwester das schaffte, reich zu bleiben.

Sie klingelten gerade bei Oma Kölln, um ihr ein paar Tüten

mit Bandnudeln und Hörnchen in die Hand zu drücken, als sie Papa und Nick im Treppenhaus hörten. Grete Kölln wurde zum zweiten Mal an diesem Tag von den Kindern überrannt, als sie die Tür öffnete. Aber Viola und Curio wollten es lieber nicht riskieren, Papas bohrende Fragen zu beantworten. Ganz abgesehen von den Vorwürfen, die er vielleicht machen wollte, weil sie etwas unvermittelt aus dem Auto gesprungen waren.

»Passt bloß gut auf«, sagte Grete, »ich komme gleich mal längs, um zu gucken, was ihr so macht.«

»Die Beine in den Bauch stehen«, sagte Viola.

»Nu sei mal eine motivierte Mitstreiterin«, sagte Grete, »dein Bruder gibt sich doch wirklich Mühe, uns Alte vor weiterem Schaden zu bewahren.«

Wahrscheinlich war das wieder Ironie, dachte Curio. Aber er fühlte sich doch verstanden. Viola war nicht immer aufbauend.

»Dann komm, Brüderlein«, sagte Viola.

Im Treppenhaus roch es nach gebratenem Speck. Vielleicht wollte Papa ja schon vorarbeiten für die Schollen »Finkenwerder Art«.

9. Bei ›Butter Lindner‹ stand eine Frau, die wie Lieselotte Triebel aussah. Aber der Kopfverband fehlte, und eigentlich konnte sie es gar nicht sein, denn laut Oma Kölln musste sie noch im Krankenhaus bleiben. Doch es brachte Curio ins Grübeln, wie viele alte Frauen es in Winterhude gab, die beschützt werden mussten.

In der Haspa war ein Gedränge vor dem Kontoauszugsdrucker, ein Wort, das man immer mal wieder vor Oma Köllns Füße fallen lassen musste, weil sie behauptete, es ständig zu vergessen.

Pure Verweigerung, denn sie konnte diese ganzen Automaten nicht ausstehen und ging lieber zu den Bankleuten hinterm Tresen, weil es da doch viel persönlicher war.

Dorthin trotteten jetzt auch die ganzen Kunden, denn der Drucker schien kaputt zu sein. Viola und Curio sahen vier Frauen, die als Opfer in Frage kämen, und ein paar junge Männer, die aber weder blaue Haare noch Mützen oder Glatzen hatten und keine besonders langen Nasen.

Viola stellte sich an der Kasse an, lange Schlangen schienen ihre Spezialität zu werden, aber sie wollte ihr Geld. Wenn sie schon in der nächsten Zeit vor aller Augen in Banken herumstand, wollte sie das in einer Jeansjacke tun. In ihrem alten Anorak sah sie mindestens ein halbes Jahr jünger aus und ein Kilo dicker.

Curio drückte sich an den Stehpulten herum und tat, als studiere er die Überweisungsscheine der Lotterien. Dabei bewegte er den Kopf ruckartig und spähte in alle Richtungen. Wie ein Vogel, der einen Wurm sucht, dachte Viola. So wurde das nie etwas. Völlig absurd anzunehmen, dass der Typ gleich käme und sich neben die Kasse oder einen der Geldautomaten stellte, um darauf zu warten, dass eine alte Frau ihre Scheinchen verstaute. Eher wurde Curio vor die Tür gesetzt, so auffällig wie er sich benahm.

Viola schob sich um eine weitere Position nach vorne und stand jetzt als zweite vor der Panzerglasscheibe. Sie hielt ihr Sparbuch aufgeschlagen bereit und schaute in die schimmernde Scheibe.

Ein Gesicht spiegelte sich schwach darin. Ein Gesicht, das ihr vertraut vorkam. Viola zögerte, sich umzudrehen.

»Mein Auftrag ist stumm, Fräulein, außer für Euer bereitwilliges und herablassendes Ohr.«

Viola fuhr herum. Es war Nick, der hinter ihr stand.

»Das war Shakespeare«, sagte er, »ein kleines Zitat aus ›Was ihr wollt‹. Wenn ich deine Mutter nicht damit erfreuen darf, kann ich vielleicht was für deine Bildung tun.« Nick grinste.

»Und was ist dein Auftrag?«, fragte Viola. Sie war gereizt.

»Euch den Weg nach Hause zu weisen, wenn ich Euch sehe.«

»Und wie kommst du ausgerechnet hierher?«

»Ich will ein paar gute englische Pfund umtauschen.«

»Curio und ich haben noch was zu erledigen«, sagte Viola. Sie legte dem Kassierer ihr Sparbuch vor. »Fünfzig, bitte«, sagte sie.

»Dein Vater ist, wie heißt es, eingeschnappt?«

Viola zog es vor, nichts darauf zu sagen. »Was machst du denn hier?«, hörte sie ihren Bruder fragen. Nick störte eindeutig.

»Der Bursch ist klug genug den Narrn zu spielen«, sagte Nick.

»Hä?«, fragte Curio.

Viola schob den Geldschein in das Sparbuch und steckte es ein.

»Shakespeare«, sagte sie. »Nick kommt aus England und zitiert Shakespeare. Als hätten wir nicht schon genug am Hals.«

»Geht es jetzt weiter?«, fragte ein junger Mann, der hinter ihnen stand. Er hatte blonde Haare, aber eine Knubbelnase.

Sie räumten den Platz vor der Kasse und Nick stellte sich brav ans Ende der Schlange. »Lasst Steffen nicht lange warten«, sagte er, »Carola kommt auch extra früher.«

Viola und Curio sahen sich an. »Wir warten noch auf einen Freund«, sagte Curio, »den können wir nicht hängen lassen.«

»Oh«, sagte Nick, »ihr drei seid Detektive.«

Erwachsene brachten es wirklich fertig, eine ernsthafte Sache albern erscheinen zu lassen. Der einzige vernünftige Mensch über zwanzig ist Oma Kölln, dachte Curio.

»Vielleicht hat Papa dir ja erzählt, dass wir einer alten Frau das Leben gerettet haben«, sagte Viola. Sie war kurz vorm Platzen.

»Doch«, sagte Nick, »ich wollte euch nicht kränken. Tut mir Leid.«

»Sag Papa, dass wir um fünf zu Hause sind«, sagte Curio.

»Alright«, sagte Nick.

»Er meint okay«, sagte Viola.

»Weiß ich doch«, sagte Curio. Er sah Max in der Tür auftauchen und winkte ihm. Max hielt sein Handy wie eine schussbereite Pistole. Curio lief ihm entgegen, um Nick keine Gelegenheit zu geben, wieder humorvoll zu sein.

»Dann werde ich versuchen, euren Vater zu vertrösten«, sagte

Nick. Er warf einen Blick auf die beiden Elfjährigen, die in der Tür tuschelten. »Er hat Angst, ihr riskiert zu viel.«

»Wir sind doch nicht blöd«, sagte Viola. Sie würde heute ohnehin nichts mehr riskieren. Nur noch die Jeansjacke kaufen gehen.

Als Nick die Bank verließ, sah er Curio und Max an einem der Tische sitzen. Er wusste nicht, dass es das Sparbuch war, über das die beiden Jungen sich beugten. Aber das war ja auch nur ein Ablenkungsmanöver von Curio, um weiter die Lage zu erkunden.

Auf dem Herd standen zwei große Pfannen, in denen je eine Scholle briet. Carola kam mit dem Kopf aus dem Backofen, wo sie nach zwei weiteren Schollen geschaut hatte, die warm gehalten wurden. Ihr Gesicht war gerötet, nicht aus Ärger, nur von der Hitze und dem Wein, der in halbvollen Gläsern auf dem Tisch stand.

Eigentlich sah sie vergnügt aus, wie lange nicht mehr. Viola hatte eine gestresste Mutter erwartet, der das Braten der Fische zu viel wurde.

»Gut, dass ihr kommt«, sagte Carola, »wir essen um sieben.«

Viola schaute auf die Küchenuhr. Sie hatte sich um fast zwei Stunden verspätet. Aber dafür kannte sie jetzt sämtliche Jeansjacken in Winterhude. »Warum so früh?«, fragte sie.

»Weil Nick seit heute Morgen keine richtige Mahlzeit mehr hatte.«

»Ist Curio da?«, fragte Viola.

»Seid ihr nicht zusammen gekommen?« Carola sah gleich wieder erschrocken aus. »Es ist doch schon dunkel.«

»Kurz nach vier war er mit Max zusammen.«

»Der aus seiner Klasse?«, fragte Carola.

Viola nickte. »Aber eigentlich wollte er um fünf zu Hause sein«, sagte sie und verschwieg, dass das auch für sie gegolten hatte.

»Steffen«, brüllte Carola laut genug, um Steffen und Nick sofort in die Küche stürzen zu lassen. »Curio ist verschwunden«, sagte sie.

»Was heißt verschwunden?«, fragte Steffen. »Du meinst, er ist noch nicht nach Hause gekommen?«

»Ihm muss was passiert sein«, klagte Carola.

Steffen dachte, dass seine Frau als Trixi die Maus wahrhaftig unter ihren Fähigkeiten blieb. Sie war eine große Tragödin. Aber er konnte nicht abstreiten, dass auch er beunruhigt war. Carolas Schreckensszenarien, die sie entwarf, sobald eines der Kinder länger wegblieb, fingen an, auch seine Nerven zu ruinieren.

»Mama«, sagte Viola, »lass uns doch mal bei Max anrufen.«

Steffen war nach nebenan gegangen, um Curios Klassenliste von seiner Pinnwand zu nehmen, noch ehe sie ausgesprochen hatte.

Nur Nick blieb noch gelassen und holte die Pfannen mit den fertig gebratenen Schollen von den heißen Herdplatten.

Curio war nicht bei Max. Sie hatten sich um fünf getrennt, weil Curio nach Hause gehen wollte. Viola kriegte Herzklopfen.

»Was habt ihr heute Nachmittag gemacht?«, donnerte Steffen los.

»Wir haben in der Haspa gesessen, um die Leute zu beobachten«, sagte Viola. Ihre Stimme klang kläglich. »Dann habe ich Max und Curio zurückgelassen, weil ich mir eine Jeansjacke kaufen wollte.«

»Den Teil mit der Bank kann ich bestätigen«, sagte Nick, »wir haben uns dort alle getroffen. Curio und Max saßen noch da, als ich aus der Bank gegangen bin. Das war gegen zwanzig nach vier.«

»Was heißt Leute beobachten? Hat das was mit dem Vorfall von heute Mittag zu tun?«, fragte Steffen.

»Welcher Vorfall?«, fragte Carola.

»Es ist wieder eine alte Frau überfallen worden. Im Poelchaukamp. Und unsere Sprösslinge hatten nichts Besseres zu tun, als mir aus dem Auto zu springen, um ihre Nasen da hineinzustecken.«

Carola sah ihre Tochter an.

»Es ist nichts passiert, Mama«, sagte Viola. »Wir haben nur ein bisschen auf der Straße herumgestanden und mit Max und ein paar Nachbarn gesprochen. Und dann waren wir bei Oma Kölln.«

»Vielleicht ist er dort«, sagte Carola und Steffen lief schon zur Wohnungstür hinaus und die Treppen hinunter.

Er kam mit einer keuchenden Grete wieder, die versucht hatte, die Stufen genauso schnell zu nehmen, wie Steffen es tat.

»Ich hab noch gesagt, ich guck mal in der Bank vorbei«, sagte sie, »dann hatte ich Ärger mit der Hüfte und bin doch nicht gegangen.«

»In der Bank saß er ja noch sicher«, sagte Steffen. Er hatte seinen Mantel angezogen. Nick griff nach seinem Trench.

»Wo könnte er sein?«, fragte Steffen seine Tochter.

»Ich weiß nicht«, sagte Viola, »wir haben nach diesem Typen Ausschau gehalten, der die alten Frauen überfällt. Aber wir wissen ja auch nicht genau, wie der nun tatsächlich aussieht.«

»Ich komme mit«, sagte Carola.

»Ihr drei bleibt hier«, sagte Steffen und sah seine Frau, Viola und Grete an. »Curio steht bestimmt gleich vor der Tür. Dann könnt ihr ihm gemeinsam den Hintern versohlen.«

Als die Wohnungstür ins Schloss fiel, griff Viola nach Carolas Hand. Verdammt noch mal. So hatte sie sich das nicht vorgestellt.

»Nur nicht verrückt werden«, sagte Grete, »der geht nicht verloren.« Sie sagte nicht, dass sie am Nachmittag Karten gelegt und den Kreuz-Buben aufgedeckt hatte. Die unheilvollste Karte im Spiel.

10.

Die Hamburger Sparkasse hatte schon geschlossen. Doch der Mühlenkamp mit seinen vielen Geschäften und Lokalen war noch voller Leben und sah gar nicht aus wie ein Moloch, der elfjährige Jungen verschlang. Aber so schnell ließ sich Gefahr nicht mehr erkennen in einer Zeit, in der Verbrecher in Kameras grinsten und ihre Finger zum Siegeszeichen vorstreckten. Kaum einer zog eine finstere Kutte über den Kopf und signalisierte Böses.

Nick und Steffen liefen durch die dunkleren Nebenstraßen und Steffen bereute zum ersten Mal, so stur gegen die Anschaffung eines Handys gewesen zu sein. Vielleicht saß sein Sohn ja schon mit Carola am Küchentisch und alles war gut. Er würde sich auch nur halb so aufregen, wenn die Kinder nicht diese blödsinnige Idee von Verbrecherjagd im Kopf hätten. Wer konnte voraussehen, in welche Situationen sie sich damit brachten.

»Lass uns da hingehen«, sagte Nick und sein Kinn wies hinüber zum Goldbekufer, das sich nass und schwarz vor ihnen auftat.

Der Kanal sah in einer nieseligen Nacht wirklich aus wie das erste Szenenbild in einem Kriminalfilm. Wenn Curio dort unten gewesen war, konnte er auf den feuchten Steinen ausgerutscht sein. Kopf aufgeschlagen. Ohnmächtig ins Wasser gerollt. Oder er war gestoßen worden. Steffens Schreckensszenarien waren schon so gut wie die von Carola. Er fühlte die Hand seines Freundes auf der Schulter und war dankbar, nicht allein hier herumzulaufen.

»Was glaubst du, wie viele Abenteuer ich hatte als kleiner Junge«, sagte Nick, »Kinder haben gute Schutzengel.«

»Nicht alle«, sagte Steffen.

Er dachte, dass sie zur Polizeiwache am Wiesendamm weiterlaufen sollten, wenn sie Curio jetzt nicht fänden. Aber erst noch mal telefonieren. Notfalls von der Wache aus, wenn sie vorher keine Telefonzelle sähen. Vielleicht war der Junge längst zu Hause. Längst zu Hause, klang es hoffnungsvoll in ihm nach.

Nick griff nach Steffens Arm. »Bleib stehen«, sagte er.

»Was ist?«, fragte Steffen.

»Hörst du nicht?«

Da hörte er es. Ein leises Schluchzen, das aus dem Dunkel hinter der Hecke kam. Dort, wo die Lauben am Ufer des Kanals standen.

»Wie kommt man hier durch?«, fragte Nick. Doch er wartete keine Antwort ab, sondern drängte sich durch ein Loch in der Hecke, das er neben einem Baum entdeckt hatte. Steffen folgte ihm.

Sie standen auf einem Grasstreifen und sahen zwei der Lauben vor sich liegen, die Teil der Kolonie waren, die sich am ganzen Goldbekufer entlangzog. Jetzt sahen sie verlassen aus.

»Curio!«, rief Steffen.

Schluchzen und Schniefen. »Papa«, sagte eine jämmerliche Stimme. »Papa, ich hänge hier hinter der Laube fest.«

Steffen kletterte als Erster über das verschlossene Gartentor und kriegte nicht mit, dass seine Hose riss. Er rannte durch das nasse Gras um das kleine Holzhaus herum und sah seinen Sohn.

Curio schien an der Laube zu kleben. Nein. Er klammerte sich an das Fallrohr. »Curio«, sagte Steffen und umarmte den nassen und zitternden Jungen, der das Rohr nicht losließ, und fühlte sich schwindelig vor Liebe und Erleichterung.

»Hängt ihr jetzt beide an diesem Rohr?«, fragte Nick.

Curio versuchte eine halbe Drehung. »Nick«, sagte er, »mein Bein klemmt in diesem blöden Ding und ich krieg es nicht mehr raus.«

Nick griff Curio unter die Achseln und hob ihn ein Stück hoch, während Steffen das linke Bein des Jungen, das zwischen Wand und Rohr steckte, vorsichtig hin und her bewegte. Es dauerte eine Weile, bis es ihnen gelang, Curio zu befreien.

Steffen nahm ihn aus Nicks Armen und hielt ihn ziemlich lange fest, bevor er ihn auf den Boden stellte. Curio schwankte.

»Das Bein ist ganz taub«, sagte er.

»Ich bin nicht überrascht«, sagte Nick, »wie lange hängst du hier schon an dem Rohr?«

Curio hob die Schultern. »Ich weiß nicht genau«, sagte er, »es war noch nicht dunkel.«

»Ich nehme an, es ist eine ziemlich lange Geschichte, die du uns zu erzählen hast«, sagte Steffen.

Curio nickte. Er fing wieder an zu zittern.

»Dann erzählst du sie, während du im heißen Badewasser sitzt.«

Nick schaute sich um. »Sind noch Feinde hier?«, fragte er.

Curio sah ihn überrascht an. »Ich glaube nicht«, sagte er. »Ich habe gedacht, dass er sich in der Nähe versteckt hat. Darum wollte ich auf das Dach steigen, um den Überblick zu haben. Und dann bin ich abgerutscht und hab mir das Bein eingeklemmt.«

»Lasst uns Carola erlösen«, sagte Steffen.

»Deine Schwester hat sich auch sehr gesorgt«, sagte Nick.

»Und Oma Kölln.«

»Ach du liebe Güte«, sagte Curio.

»Erinnert ihr euch, dass wir Schollen zu Hause haben?«

»Yes«, sagte Nick, »ich habe zwei vor dem Verbrennen gerettet.«

Sie waren ganz übermütig, als sie über das Gartentor kletterten. Auch wenn Curio noch ziemlich steif war und Steffen den Riss in seiner Hose entdeckte. Sie fanden den richtigen Ausgang durch die Hecke und gingen über die Forsmannstraße nach Hause, und Steffen dachte, wie sich die Dinge doch veränderten, wenn man richtig Angst um jemanden gehabt hatte. Werbetexte für Nudeln wurden unwichtig und das Geld dafür, das nicht kam. Er konnte sich vorstellen, dass auch der Frust über Trixi die Maus unwichtig geworden war für Carola. Hoffentlich dauerte diese neue Weisheit darüber, was wirklich wichtig war, noch eine ganze Weile an.

Curio wurde es schon warm, kaum dass er in die Küche kam.

Mama drückte ihn fest an sich und all seine Nässe blieb in ihrer Mohairjacke hängen. Oma Kölln streichelte ihm so oft über den Kopf, dass sein Haar allein davon trocknete, und selbst Viola wärmte ihn, wenn auch mehr innerlich, denn sie drückte ihm das Päckchen Hubba Bubba in die Hand, das sie sich heute gekauft hatte. Hubba Bubba war Curios Lieblingskaugummi. Vielleicht gar nicht schlecht, mal zu verschwinden, dachte Curio, doch er war enorm dankbar, gefunden worden zu sein.

So erzählte Curio seine Geschichte am Küchentisch sitzend und nicht im heißen Badewasser. Er lehnte die Scholle ab, die als einzige frisch gebraten war, und gab sie großzügig an Oma Kölln weiter. Die anderen aßen zwei kalte Schollen und zwei ziemlich ausgetrocknete. Das waren die aus dem Backofen. Curio aß sehr zufrieden die Pommes frites, die Mama im Tiefkühler gehabt und statt der Schollen in den Ofen gesteckt hatte.

In der Bank war es langweilig gewesen. Das Handy von Max hatte einmal geklingelt, weil seine Mutter ihn erinnern wollte, pünktlich nach Hause zu kommen. Max hatte gesagt, das sei der Grund, warum ihm seine Eltern ein Handy erlaubten, weil sie ihn dann immer an der Leine hatten. Kurz vor fünf waren sie dann zum Poelchaukamp gegangen, um noch mal einen Blick auf das Haus zu werfen, in dem Frau Zintel wohnte, die heute überfallen worden war. Ja, und danach war Max zu sich hochgegangen und Curio war dann in die Semperstraße hinein, um nach Hause zu gehen.

Da hatte er plötzlich den jungen Mann gesehen. Er hatte an einem der hohen Eisenzäune gestanden und sich daran festgehalten und zu dem Haus hochgeguckt, vor dem er stand.

»Woher wusstest du, dass er der blaue Gangster war?«, fragte Viola. Sie stocherte in ihrer Scholle herum und hatte wenigstens die Ausrede, dass sie trocken war. Die Speckwürfel waren längst gegessen. Die hielt sie für das Beste an der ›Finkenwerder Art‹.

»Der blaue Gangster?«, fragte Mama.

»Curio nennt ihn so, weil er mal blaue Haare hatte«, sagte Oma Kölln, »so wie andere Leute manchmal grüne haben.«

»Bei dem Überfall in der Preystraße hatte er blaue«, sagte Curio. »Ich war gar nicht sicher, ob er das nun war. Er war groß und hatte blonde Haare, aber das wäre nicht auffällig gewesen, wenn er nicht so zu dem Fenster hochgestarrt hätte.«

Er griff nach der Ketchupflasche. Keinen schien es heute Abend zu stören, dass er sich noch mal einen ordentlichen Klecks nahm. Er schob sich ein Pommes frites in den Mund und war zum ersten Mal zufrieden, das alles erlebt zu haben.

»Und dann?«, fragte Viola.

»Dann hat er mich gesehen, und auf einmal ist er losgelaufen, als wäre jemand hinter ihm her. Das war ich dann ja auch.«

»Wie konntest du nur«, sagte Mama. Sie hatte zu essen aufgehört.

»Er ist zum Goldbekufer gelaufen und durch die Hecke und war ganz schnell in den Gärten verschwunden. Und ich bin ihm eben nach, und dann wollte ich auf das Dach von der Laube. Es war ja noch hell, und ich dachte, ich finde ihn dann schneller.«

»Und was wäre gewesen, wenn du ihn gefunden hättest?«

»Ich weiß nicht«, sagte Curio. Er klang schon wieder kleinlauter. »Auf einmal war ich so in Schwung und konnte nicht aufhören.«

»Tu das bitte nie wieder«, sagte Mama. Sie weinte fast. »Wenn du das nächste Mal glaubst, einen Gangster zu sehen, dann mache Erwachsene darauf aufmerksam oder komm zu uns gerannt, und wir rufen die Polizei.«

»Dann wäre er über alle Berge gewesen.«

»Das ist er so auch«, sagte Oma Kölln. »Uns hätte die Aufregung umbringen können. Da hättest du dich ganz fein umgeguckt, wenn wir hier alle gelegen hätten.«

»Curio wäre dort am Rohr verhungert und die Laubenbesitzer hätten seine skelettierte Leiche gefunden, wenn das Wetter irgendwann schöner geworden wäre«, sagte Nick.

»So lange dauert das mit dem Frühling in Hamburg nun wieder auch nicht«, sagte Oma Kölln, »und in England ist das Wetter schon gar nicht besser. Da wird man gleich über die Klippen gespült bei all den Sturmfluten.«

»Hört jetzt mal mit dem Massensterben auf«, sagte Papa. Er war gerade dabei, eine neue Flasche Wein zu entkorken.

Alles war gut, und Curio fühlte sich müde und geborgen und hatte gar nichts mehr dagegen, dass Nick auf dem Klappbett neben ihm schlafen würde. Der Kopf sackte ihm weg und er hörte Oma Kölln noch sagen, welch ein Glück es war, dass er da gesund zwischen ihnen einschlief. Einen kleinen Moment lang bewegte sich noch ein Schatten vor seinen Augen, dem er hinterherlief. Schnell und außer Atem. Doch dann war Curio fest eingeschlafen.

Curio träumte, er läge unter einer Laube begraben. Er hatte noch deutlich das Krachen der einstürzenden Laube im Ohr, als er die Augen aufschlug. Es war dunkel und er hörte Nick fluchen.

»Was ist los?«, fragte Curio. Fast fürchtete er, der flüchtende Mann sei in das Kinderzimmer gekommen.

»Verdammtes Klappbett«, sagte Nick, »es ist unter mir zusammengebrochen. So viel gegessen habe ich gestern doch nicht.«

Curio knipste die kleine Lampe an seinem Hochbett an. Ihm fiel das Auseinanderfallen des Klappbetts auf dem Dachboden ein. Vermutlich hatte Viola das Ding doch nicht richtig zusammengekriegt. Papa hätte es ja auch noch mal prüfen können.

»Wollen wir Papa wecken?«

»Den lassen wir hübsch schlafen«, sagte Nick, »der hat für einen Tag genügend Aufregung gehabt.«

»Aber wie schläfst du denn jetzt?«, fragte Curio.

»Flach auf dem Boden. Die Japaner sagen, das sei gesund. Du kannst die Lampe jetzt wieder ausswitchen.«

»Ich werde die ganze Nacht kein Auge mehr zutun«, sagte Curio.

Als er das nächste Mal aufwachte, war es taghell und Viola saß oben auf seinem Bett und war sogar schon angezogen.

»Endlich«, sagte sie, »am liebsten hätte ich dich wachgerüttelt. Ich komme um vor Neugierde.«

»Wo ist Nick?«

»Sitzt mit Papa in der Küche und trinkt Tee.«

»Er ist einfach so mit dem Klappbett zusammengekracht und ich bin davon aufgewacht. Mehr kann ich dazu auch nicht sagen.«

»Das meine ich doch nicht, du Blödmann.«

»Was dann?«

»Die ganze Wahrheit über dein Abenteuer gestern«, sagte Viola.

»Das habe ich doch schon erzählt.«

»Die ganze Wahrheit, sagte ich. Du willst doch nicht behaupten, dass der Typ davongelaufen ist, weil er dich gesehen hat. So schrecklich siehst du nun auch wieder nicht aus.«

»Da ist eine Frau aus der Haustür gekommen und auf ihn zugegangen«, sagte Curio, »aber das ist mir erst heute Nacht wieder eingefallen.«

»Hat die was zu ihm gesagt?«

»Nee. Der ist ja gleich abgehauen.«

»Und 'ne richtige Flucht wurde das dann, weil du hinter ihm hergelaufen bist.«

»Wahrscheinlich«, sagte Curio.

Viola kaute an einer ihrer Haarsträhnen, die jetzt alle wieder dunkelblond waren. Dieser Gangster fiel aus allen Klischees. Leute, die Rentnerinnen ausraubten, gehörten sonst Banden an, die aus Osteuropa kamen, oder sie waren Drogensüchtige, die sich leichte Opfer suchten, weil es ihnen auf den Nägeln brannte, an Geld zu kommen. Aber der schien ein Einzelgänger zu sein, und er blieb beharrlich am Ort.

»Der könnte doch nach Rothenbaum rüber oder Harvestehude. Da leben reichere Leute«, sagte sie.

»Na«, sagte Curio, »die Tausender flattern ihm doch hier nur so zu.«

»Er spioniert die Frauen also gründlich aus. Wenn er das gestern wirklich war, dann fängt er schon vor ihrem Haus an sie zu beobachten und nicht erst in der Bank. Aber dass die Opfer, die er sich ausguckt, bald einen Haufen Geld von ihrem Konto holen werden, konnte er selbst doch nur von Frau Triebel wissen.«

»Vielleicht läuft er manchmal ganz umsonst hinter ihnen her und die haben bloß eine Überweisung abgegeben und nur ein paar Piepen in der Tasche«, schlug Curio vor.

»Vier Überfälle. Einmal Enkel, einmal Blumen, zweimal

Äther«, sagte Viola. »Wann setzt er welche Waffe ein und wie sucht er sich die Frauen aus? Sind das wirklich zufällige Opfer?«

»Könnte nicht Oma Kölln den Lockvogel machen?«, fragte Curio.

Viola kam zu keiner Antwort mehr, denn die Tür des Kinderzimmers öffnete sich und Papa steckte den Kopf herein.

»Was ist das für ein konspiratives Treffen?«, meinte er.

»Ein was?«, fragte Curio. Das war wohl wieder eines der Wörter, die einem vor die Füße fallen sollten.

»Auf konspirativen Treffen werden Verschwörungen vorbereitet«, sagte Papa, »und da bin ich gegen. Hier werden keine geheimen Pläne ausgeheckt, um Gangster zu fangen. Der gestrige Vorfall hat mir völlig gereicht.«

Viola und Curio tauschten einen Blick aus. Bloß jetzt keine leichtfertigen Versprechungen geben, die ihnen die Hände banden.

»Kommt mal aus dem Bett«, sagte Papa, »und du, Curio, widmest dich deiner Körperpflege.«

»Du musst das Klappbett reparieren«, sagte Curio.

»Keine Sorge, das steht heute Abend wieder. Aber jetzt wollen Nick und ich erst mal zu den Landungsbrücken, Hafenluft schnappen.«

»Ist Mama heute den ganzen Tag weg?«, fragte Viola.

»Ja«, sagte Papa und klang ein bisschen schuldbewusst. »Wollt ihr denn mit zu den Landungsbrücken? Wir können anschließend noch auf den Michel und uns Hamburg von oben ansehen.«

»Lass mal«, sagte Curio. Er hatte den Turm der Michaeliskirche schon einmal erklettert, weil der Aufzug ausgefallen war.

»Mir tut mein Bein noch weh«, schob er nach. Er zog die Hose seines Schlafanzuges runter und bot einen blauen Fleck zur Schau. Das war doch ein guter Grund, nicht an einer Stadtrundfahrt mit möglicher Turmbesteigung teilzunehmen.

»Dann bleibt heute mal zu Hause«, sagte Papa hoffnungsvoll.

»Vielleicht gehen wir zu Oma Kölln«, sagte Viola.

»Das ist in Ordnung. Sie soll euch nur zu nichts anstiften«, sagte Papa, »aber ich denke, sie hat auch ihre Lektion gelernt.«

11.

Es lagen noch immer zu viele Kreuz-Karten auf dem Tisch. Grete seufzte. Die Gefahr war nicht vorüber. Gerade hatte sie die Kreuz-Dame aufgedeckt, und die lag jetzt neben der Kreuz-Sieben.

»Eine falsche Freundin bringt Tränen und Traurigkeit«, sagte Grete und schüttelte den Kopf. Was das nun wieder sollte.

Das tat wirklich gar nicht gut, den ganzen Tag in der Bude herumzuhängen. Da kam man nur wieder auf so dumme Gedanken wie Kartenlegen. Sie stemmte sich vom Stuhl und rieb ihre Hüfte. Das dumme Ding rostete wohl ein, wenn sie sich zu wenig bewegte.

»Grete«, sagte sie, »das darf nicht nur am Geld liegen, ob du mal vor die Tür kommst.«

Einfach nur frische Luft schnappen. Aber es wäre natürlich fein, noch ein bisschen Geld im Portemonnaie zu haben. Eier kaufen, um eine Mayonnaise zu machen, und Tomaten und noch ein Stück Fleischwurst. Die Kinder hatten sicher nichts gegen Nudelsalat.

»Was meinst du, Amadeus? Ob wir noch ein paar Cents in einer ollen Kostümjacke finden?«

Der Kater guckte wie jemand, der keine Geldnöte kannte.

Grete Kölln ging ins Schlafzimmer, um im Kleiderschrank zu suchen. Nicht, dass sie das zum ersten Mal getan hätte.

Aber manchmal übersah man ja was und wurde doch noch fündig.

Im Kostüm, das ihr längst nicht mehr passte, war nichts. Auch nichts im hellen Popelinemantel. Grete griff nach dem kleinen Täschen mit den Pailletten, das sie in besseren Zeiten öfter ins Theater begleitet hatte. Na, da war ja noch eine Mark Klogeld. Aber die Zutaten für Nudelsalat gab es dafür nicht.

Da hing auch immer noch Kurts guter Wintermantel. Hatte sie längst weggeben wollen. Mal in die Taschen greifen. Nichts.

Ihr Mann hatte auch nie viel in seinen Taschen gehabt. Noch mal die Hand in die Innentasche stecken. Es knisterte. Grete hielt den Atem an, als sie die Hand herauszog.

Ein Zwanzigmarkschein. »Danke, Kurt«, sagte sie. Einundzwanzig Mark, die sie in der Bank gegen Euro tauschen konnte. Nun zum Telefon. »Viola. Wollt ihr eine alte wackelige Frau begleiten, um die Zutaten für Nudelsalat einzukaufen?«

»Die spendiere ich aber«, sagte Viola. Sie hatte immer noch den Fünfziger. Aus der Jeansjacke war gestern nichts geworden. Die Jacken waren alle nicht eng genug gewesen.

»Kommt nicht in Frage. Ich bin reich«, sagte Grete, »ich hab zwanzig Mark in Kurts Mantel gefunden.«

Die Kinder, die heute mal zu Hause bleiben wollten, waren in zwei Minuten unten, um mit Oma Kölln an die Luft zu kommen. Und es regnete nicht einmal, als sie vor die Haustür traten.

»Ich sag euch, Kinder«, sagte Grete, »jetzt gibt es nicht nur gleich Nudelsalat. Jetzt kommt auch der Frühling.«

12.

Das Phantombild hatten alle Zeitungen gedruckt, dem jungen Mann, den Viola und Curio vor Augen hatten, ähnelte es nicht.

»Wenn sie das nach den Angaben von der ollen Triebel gemacht haben, dann muss man zweifeln«, sagte Grete. »Die war schon nicht ganz klar im Kopf, bevor sie den Schlag draufbekommen hat. Und die anderen waren im Ätherrausch.«

»Die Frau in der Barmbeker Straße werden sie wohl auch gefragt haben«, sagte Viola, »vielleicht ist es ja tatsächlich ein anderer.«

Sie kauften die Morgenpost. Die Euros, die sie für die zwanzig Mark eingetauscht hatten, verjubelten sie bei Penny.

Zurück gingen sie durch die Semperstraße, um noch mal nach dem Haus zu sehen, vor dem Curios Unglück seinen Anfang genommen hatte. Sie guckten auf die Klingelschilder links und rechts. Doch die konnten nicht erzählen, ob da zehn junge Familien wohnten oder ob auch Alte dabei waren.

»Butenschön«, sagte Grete, »mit einem Butenschön bin ich vor Ewigkeiten eingeschult worden. Vielleicht sind das auch die Kinder oder Enkel, die da wohnen. Die Zeit vergeht ja so schnell.«

»Aber eine Glatze hat er nicht gehabt?«, fragte Viola und betrachtete nachdenklich das Eisengitter.

»Wahrscheinlich hat er heute eine«, sagte Grete, »aber damals bei der Einschulung hatte er noch keine.«

»Viola meint den blauen Gangster«, sagte Curio. »Am Poelchaukamp soll er eine Glatze gehabt haben. Der Mann hier vorm Haus hatte jedenfalls Haare.«

Er wollte sich gerade darüber auslassen, wie blond die Haare gewesen waren und wie lang die Nase, als Viola nach seiner Hand griff und sie fest drückte. »Da drüben«, wisperte sie.

Curio blickte zur anderen Straßenseite und sah dort einen jungen Mann gehen. Er ging schnell und bückte sich leicht, als kämpfe er gegen den Wind an. Doch da war gar kein Wind.

Er lief am Zaun des großen Spielplatzes entlang und strebte dem Mühlenkamp zu. Oder wollte er zur Bushaltestelle?

»Das ist er«, sagte Curio, »der gestern abgehauen ist.«

»Dann geh du mit Oma Kölln nach Hause und mach Nudelsalat. Diesmal folge ich ihm.«

»Kommt nicht in Frage«, sagte Curio.

»Du willst doch, dass die Verfolgung klappt, oder? Dich hat er gestern bestimmt ziemlich genau wahrgenommen.«

»Was ist eigentlich los?«, fragte Grete, »ihr wollt doch wohl nicht schon wieder in ein Unheil hinein?«

»Curio kommt mit dir nach Hause. Aber ich hab noch was zu erledigen«, sagte Viola. Sie nahm der überraschten Grete die Morgenpost aus der Hand und sah in die Semperstraße hinein. Der 6er-Bus war noch nicht zu sehen. Curio maulte hinter ihr, als sie losging, und Oma Kölln klang auch nicht begeistert.

Viola war gerade über den Zebrastreifen gegangen, da sah sie den 25er an der Haltestelle. Verdammt, an den hatte sie nicht gedacht. Sie spurtete los, doch der Bus fuhr bereits an. Na toll, da konnten Curio und Oma Kölln ja mächtig zufrieden sein, dass die Verfolgungsjagd schon zu Ende war.

Sie hätte fast gar nicht mehr hingeguckt, so frustriert war sie. Doch gerade, als sie umkehren wollte, warf sie noch einen Blick zur Haltestelle und sah den Blonden am Fahrkartenautomaten stehen. Er war es sicher. Er war der junge Mann mit den blauen Haaren, der bei Budnikowsky in der Schlange gestanden hatte. Aber wenn sie ihn erkannte, dann erinnerte er sich vielleicht auch an sie. Sollte er doch, dachte Viola. Das machte einen Menschen wohl kaum verdächtig, bei Budni einzukaufen und obendrein im Bus zu fahren. Verdächtig war es, vor ihrem kleinen Bruder Reißaus zu nehmen und in schwarzer Nacht in einer verlassenen Laubenkolonie zu verschwinden. Wenn der Typ sie vorhin nur nicht mit Curio gesehen hatte.

Der 6er bog um die Ecke und Viola setzte sich in Trab. Sie stieg vorne ein und sah, dass er sich auf die hinterste Bank setzte. Gut, dann konnte sie ihn im Auge behalten, wenn sie so ziemlich in der Mitte blieb, dort wo das Gelenk des Busses war. Sie setzte sich, schlug die Morgenpost auf und las den Text neben dem Phantombild. Nichts Neues. Sie lugte über den Zeitungsrand, ob sich da hinten was bewegte. Doch er schien ganz arglos zu sein. Er guckte aus dem Fenster und machte keine Anstalten, an einer der Haltestellen auszusteigen. Ab Rathausmarkt saß nur noch ein altes Paar im Bus und Viola und der Blonde. Vier Leute, die zu der Endstation Rödingsmarkt fuhren.

Curio war längst nicht so unglücklich, wie er behauptete. Zwar schimpfte er noch ein bisschen rum, aber eigentlich mehr um das Gesicht zu wahren. Das Abenteuer von gestern Abend steckte ihm noch viel zu sehr in den Knochen, als dass er tief im Inneren Lust gehabt hätte, hinter dem Typen herzulaufen. Und wenn er schon dabei war, tief in sich hineinzugucken, dann hätte er am liebsten Mama dagehabt, um mit ihr Schokolade zu essen.

Stattdessen nahm er gerade einen Löffel Mayonnaise. Oma Kölln war wirklich nicht schlecht im Rühren von kalorienreichen Saucen. Holländische Sauce zum Beispiel war so eine Spezialität von ihr. Die kam auf den Blumenkohl und schmeckte satt und sämig. Eine Küche, die bei seiner Mutter völlig vernachlässigt wurde. Bei ihr musste alles kurz gegart und mit wenig Fett zubereitet sein, wenn man mal von Schollen absah, die mit Speck gebraten wurden. Aber das war ja auch nur Nick zuliebe geschehen.

»Ich weiß nicht, ob das man richtig war, Viola einfach so laufen zu lassen«, sagte Oma Kölln. Ihre Stirn lag in Falten.

»Einfach so kann man nicht sagen«, sagte Curio, »du hättest sie doch gar nicht aufhalten können.«

»Ist auch wieder wahr. Wenn nur euer Vater nichts davon erfährt.«

»Wahrscheinlich ist sie gleich wieder da. Der Typ ist so schnell, der entwischt ihr sofort. Hast du ja bei mir gesehen.«

»Und wenn er sie doch in eine dunkle Ecke drängt, und wir sitzen hier und essen Nudelsalat?« Grete Kölln ließ sich schwer auf einen ihrer Küchenstühle fallen. »O Gott, o Gott«, sagte sie.

»Ich hab doch gesehen, dass sie in den 6er gestiegen ist. Der hält vor Peek und Cloppenburg und vor Karstadt. Da gibt es keine dunklen Ecken«, sagte Curio.

»Und in St. Georg und am Hauptbahnhof kommt er auch vorbei. Was glaubst du, wie viele dunkle Ecken es da gibt. Dann fährt er noch zum Rödingsmarkt, und das ist nicht weit von den Landungsbrücken, und schon ist unsere Viola im Hafen verschwunden. Auf Nimmerwiedersehen.«

»Totaler Quatsch«, sagte Curio. Doch er ließ den Löffel sinken, den er in den Nudelsalat stecken wollte, und fing an, Angst zu kriegen. Das war doch sonst nicht Oma Köllns Sache, solche Schreckensbilder zu zeichnen. Bei ihr lagen wohl auch die Nerven bloß.

»Da gibt es nur eins«, sagte Grete, »wir zwei müssen hinterher.«

»Und in alle dunkle Ecken gucken?«, fragte Curio. Er wäre gern mal wieder für ein paar Stunden klein gewesen, um auf nichts anderes zu warten als auf die Sesamstraße.

»Zieh dir mal wieder den Anorak an. Völliger Blödsinn, was wir jetzt tun. Da könnte man wahrscheinlich eher die Nadel im Heuhaufen finden, aber hier halte ich es keine Minute länger aus«, sagte Grete und nahm ihren Mantel vom Bügel.

»Ach du liebe Güte«, sagte sie, »wir haben ja das ganze Geld bei Penny auf den Kopp gehauen. Schwarzfahren können wir nicht. Oder meinst du, in so einem Notfall könnte man?«

»In so einem Notfall hole ich was aus Mamas Sparbüchse. Da spart sie für ein neues Sofa, aber sie meint selbst, dass es nie für mehr reichen wird als für ein paar Polsterknöpfe.«

»Dann tun wir das Geld wieder rein, wenn meine Rente da ist.«

Curio hatte schon die Tür geöffnet, um ein Stockwerk höher zu steigen. Das war einfach mit Mamas Sparbüchse. Man musste nur eine kleine Kappe aus Plastik öffnen und schon fielen einem die Münzen in den Schoß. Er hatte oft genug gesehen, wie Mama das machte. Ein Glück, dass sie kein Porzellanschwein gewollt hatte, das man hätte zerschlagen müssen.

»Der Zweck heiligt die Mittel«, sagte Grete, als sie das Geld sah.

Am Himmel hingen schon wieder schwere, dunkle Wolken, als sie zur Haltestelle gingen. Der Frühling hatte sich fürs Erste verzogen.

»Nu aber schnell in den Bus. Sonst werden die Retter nicht nur nass, sondern kommen auch zu spät.«

»Wenn ich nur wüsste, wo du suchen willst«, sagte Curio.

»Ich folge meinem Instinkt«, sagte Grete.

Sie sah aus dem Busfenster, das schon ganz beschlagen war, und hoffte, dass ihr Instinkt bald zu ihr spräche. Oder war es nur der glückliche Zufall, auf den sie hoffte? Hauptsache, sie hörte keine Sirenen und sah nirgendwo Blaulichter von Polizei und Rettungswagen. Sie wusste nicht genau, was sie befürchtete.

Die letzten zehn Tage hatten Spuren bei ihr hinterlassen. Der ollen Triebel war beinah der Schädel eingeschlagen worden und die anderen drei Damen, die ihr nicht so nahe standen, waren auch zu Schaden gekommen. Dann gestern die große Sorge um Curio, und jetzt brachte sich Viola in Gefahr. Und sie, Grete Kölln, war doch verantwortlich. Schließlich hatte sie den Stein ins Rollen gebracht und die Kinder losgeschickt.

»An Karstadt sind wir schon vorbei«, sagte Curio, »wo wollen wir denn aussteigen?«

»Am Rödingsmarkt«, sagte Grete und war sich auf einmal ganz sicher. »Und dann lassen wir uns treiben«, sagte sie, »der Hafen ist aller Laster Anfang.«

13.

Der Blonde war zum Baumwall gegangen und er lief immer noch wie gegen den Wind. Dabei gab es heute keine steife Brise unten am Hafen, was selten genug war. Viola folgte in weitem Abstand. Was wollte er hier? Vielleicht ein neues Viertel auftun, um alte Frauen auszurauben?

Viola zog den Reißverschluss ihres Anoraks zum Kinn hoch, denn trotz des fehlenden Windes war es kalt hier unten an der Elbe. Oder zitterte sie schon vor Nervosität? Was hatte sie für Beweise gegen den schmalen jungen Mann da vor ihr, der es so eilig hatte? Die Haare, die mal blau gewesen waren? Sein kreideweißes Gesicht, als die Alte bei Budni abgeführt wurde? Dass er vor Häusern stand und zu Fenstern hochguckte? Oder seine Neigung zu fliehen, wenn er verfolgt wurde?

Was hatte Curio gestern gesagt? Er sei so in Schwung gewesen.

Viola ahnte, was er meinte. Auch sie war in einen Sog geraten, der sie hinter diesem Menschen herlaufen ließ. Und sie hatten ein Tempo drauf, das ihren Sportlehrer begeistert hätte.

Kurz hinter dem Verlagshaus von Gruner und Jahr verlor Viola ihn aus den Augen. Irgendwie war sie darauf eingestellt gewesen, bis zu den Landungsbrücken zu laufen und hatte ihn die ganze Zeit vor sich gesehen. Doch plötzlich war er nicht mehr da.

Viola stoppte jäh und lief ein paar Schritte zurück, und da sah sie ihn in der kleinen Allee des Neustädter Neuen Weges, der zu den großen Treppen führte, an deren Ende der Michel aufragte.

Einen Augenblick lang kam ihr der Verdacht, dass er das alles für sie inszenierte. Dass er am Ende da stand und sie abfing, ihr den Arm verdrehte und wissen wollte, warum sie ihn verfolgte, um dann wer weiß was mit ihr zu machen. Warum hatte er nur diese seltsame Anziehung auf sie? Wenn er es wirklich war, der Frauen niederschlug und sie narkotisierte, auf was ließ sie sich da ein?

Der Blonde sah nicht nach links und nicht nach rechts und zum Glück auch nicht nach hinten. Er war getrieben von seinem Lauf, und so nahm er auch die Treppe zum Michel mit weiten Schritten und viel zu schnell für Viola. Sie kam oben an und sah ihn nicht mehr. Nur eine Schar von Menschen, die gerade aus einem der Touristenbusse strömten, durch die große Kirchenpforte drängten und Viola mit in die Strömung zogen. Wahrscheinlich wäre sie umgekehrt und in eine der Seitenstraßen gelaufen, statt eine Karte für die Turmbesichtigung zu kaufen, hätte sie nicht diese Frauenstimme gehört.

»Habt ihr den unverschämten Blonden gesehen«, sagte die Frau, »wie der sich vorgedrängelt hat?«

Vor dem Aufzug zum Turm warteten Dutzende von Menschen. Er war nicht dabei. Viola atmete durch und steuerte die Eisentreppe an. So trainiert wie der Typ war, hatte er sicher schon den halben Weg zum Turm geschafft.

Was hatte Mama gestern Abend Curio gefragt?

Und was wäre gewesen, wenn du ihn gefunden hättest?

Viola kam viel zu sehr außer Atem, um noch länger über eine

Antwort nachzudenken. Sie keuchte die letzten Stufen hinauf, die voller Taubendreck waren, und stand auf der Aussichtsplattform. Die war trotz dieses kalten Märztages voller Menschen, die sich hinter dem hohen Schutzgitter drängten und auf Hamburg blickten. Der Hafen lag unter ihnen. Der nahe Turm der alten Nikolaikirche. All die anderen Kirchen. Petri. Jacobi. Katharinen. Dann die Alster. Dahinter bauten sich die drei Hochhäuser der Mundsburg im Dunst auf und weiter links davon war Winterhude.

Viola hatte noch keinen Blick für die Landschaft. Sie ging einmal um den Turm und sah sich die Menschen an. Der Blonde war nicht dabei. Erst nachdem sie dreimal die Runde gemacht hatte, stellte sie sich an einen Platz, der frei geworden war, und sah hinunter.

Die Speicherstadt. Die Raddampfer, die aussahen, als fuhren sie auf dem Mississippi und nicht auf der Elbe, und die Cap San Diego. Die Straßen, durch die sie eben gelaufen war, und die Häuser um den Michel, von denen nur noch wenige alte standen. Viel zu oft hatte es gebrannt in Hamburg.

Viola drückte ihr Gesicht an das Schutzgitter und war müde und enttäuscht. Die Ferien rannen ihr durch die Finger und sie spielte hier »Fünf Freunde und ein Abenteuer«. Da unten das Mädchen mit dem Skateboard hatte jedenfalls mehr Spaß, auch wenn sie bei dem Tempo sicher bald auf der Nase landete. Da sah Viola sie auch schon stürzen, und den jungen Mann, der gelaufen kam, um ihr zu helfen, den kannte sie.

Viola war mit ein paar Sätzen beim Aufzug. Wenn er nur noch ein bisschen beschäftigt bliebe da unten mit seiner ersten Hilfe für die Skateboardfahrerin, dann würde sie ihn erwischen. Ihn endlich zur Rede stellen. Sie hatte es satt. Jetzt spielte er auch noch den Samariter. Und in Winterhude zitterten die alten Frauen.

Der Aufzug stand da und sie war im Nu unten. Kein Vergleich zu der Plackerei auf den Treppen. Die Tür des Aufzugs öffnete sich und Viola sprintete los und hatte fast schon den Ausgang erreicht, als sie hinten am Anorak gepackt wurde. Sie wollte sich gerade wehren und losreißen, da sah sie Nick auf sich zukommen.

»Das möchte ich doch gerne erklärt bekommen«, sagte Papa hinter ihr, »aber mindestens so ausführlich, wie es dein Bruder gestern Abend getan hat.«

Oma Kölln und Curio hatten das größere Pech mit dem Wetter. Kaum dass sie aus dem Bus gestiegen waren, schickte der Hamburger Himmel heftigen Hagel los, vor dem Gretes kleiner Knirps kaum noch Schutz bot. Sie hatten noch keine hundert Meter hinter sich und waren schon nass und durchgefroren.

Oma Kölln war gar nicht mehr sicher, wo ihr Instinkt nun hinwollte.

So trabten sie zwar in Richtung Baumwall tatsächlich auf Violas Spuren, aber eigentlich nur, weil Grete glaubte, dass diese Strecke besseren Schutz vor dem Wetter bot. Curios Zweifel an ihrer Strategie wuchsen mit jedem Schritt durch die Pfützen.

»Sie können an einer ganz anderen Station ausgestiegen sein«, sagte er, »vielleicht turnt Viola durch die Mönckebergstraße.«

»Und du meinst, wir könnten fein trocken bei McDonalds sitzen und von dort den Überblick haben«, sagte Grete.

Curio knurrte eine nicht verständliche Antwort.

»Für ein Tütchen Pommes frites würde das Geld ja noch reichen.«

»Hilft uns jetzt auch nichts«, sagte Curio.

»Wenigstens ist kein Wind.«

Die Stimmung war auf einem Tiefpunkt, als sie den Gebäudeklotz von Gruner und Jahr passiert hatten. Grete guckte zum Michel.

»Sie werden ja wohl nicht in die Kirche gegangen sein«, sagte sie.

»Auf was tippst du denn?«, fragte Curio.

»Landungsbrücken«, brummte Grete, doch sie war selbst nicht mehr überzeugt. Eigentlich hatte sie ja nur die Unruhe aus ihrer warmen Wohnung getrieben. Besser in Bewegung sein, wenn man Angst hatte, statt gramvoll am Küchentisch zu sitzen.

»Mir tut mein Bein weh«, sagte Curio. Dass ihm das nicht eher eingefallen war. Grete guckte ihn an, Zweifel im Blick.

»Ehrlich«, sagte Curio. Er hatte es bis obenhin satt.

»Da müssen wir wohl nach Hause«, sagte Grete und klang äußerst unentschlossen. »Und dafür haben wir nun das Geld aus der Sparbüchse deiner Mutter geholt.«

»Das kriegt sie ja wieder.«

Sie kamen an der schwedischen Seemannskirche an, und wenn es auch nicht mehr hagelte, dann regnete es doch aus vollen Kannen und sie waren jetzt beide bereit, aufzugeben.

»An den Landungsbrücken steigen wir in die Hochbahn. Ich will nicht auch noch dein Bein auf dem Gewissen haben.«

Sie überquerten die Straße an der nächsten Ampel und brachten einen Linksabbieger zum Halten, der aus der Helgoländer Allee kam. Der Fahrer des alten Opel traute seinen Augen erst nicht.

Aber dann drückte er so fest auf die Hupe, dass Grete Kölln vor lauter Schreck einen Hechtsprung auf den Bürgersteig tat, den Jungen an der Hand. Erst von dort wandte sie sich dem Auto zu, um dessen Fahrer mit dem Knirps zu drohen. Da stand Steffen schon neben seinem Opel und forderte Oma Kölln und Curio auf, schnellstens zu Viola und Nick in den Wagen zu steigen.

»Dabei hatte die Brut zu Hause bleiben sollen«, schloss Steffen seine Erzählung und sah Carola vorwurfsvoll an. Doch sie war wirklich die Unschuld in diesem Spiel. Sie hatte den ganzen Tag im Kostüm von Trixi der Maus gesteckt, Eier ausgepustet und bemalt, um die kleinen Zuschauer auf Ostern vorzubereiten. Das sollte der Höhepunkt und eine der letzten Folgen von Trixi sein. Alle Beteiligten waren dankbar gewesen, dass sie es bald hinter sich gebracht hatten und es sich ausgetrixit hatte.

»Ab nächste Woche bin ich ja wieder zu Hause«, sagte Carola.

»Das wird auch Zeit«, sagte Steffen und vergaß, dass er sich auch nicht gerade um die Feriengestaltung bemüht hatte. Im Gegenteil. Er war froh gewesen, mit Nick allein loszuziehen.

»Wir müssen ein ernstes Wort mit Oma Kölln sprechen«, sagte Carola, »ich fürchte, sie ist von den dreien der größte Kindskopf.«

»Diesmal kann sie nichts dafür. Viola ist abgehauen und sie ist hinter her, um Schlimmeres zu verhindern.«

»Aber sie hat den Kindern den Floh erst ins Ohr gesetzt.«

»Für so was brauchen unsere Kinder nicht anderer Leute Flöhe. Da haben sie schon ihre eigenen«, sagte Steffen.

Die Tür zur Küche wurde aufgestoßen und Curio kam herein.

»Wo bleibt ihr denn«, sagte er, »wir warten seit Ewigkeiten mit dem Nudelsalat auf euch.«

»Ich denke, ihr seid in euren Zimmern«, sagte Steffen.
»Nee. Wir sitzen unten bei Oma Kölln.«
»Könnt ihr denn niemals da sein, wo ich denke, dass ihr seid?«
»Papa«, seufzte Curio, »ist doch alles in Ordnung. Sei nicht so kompliziert. Wir waren doch ganz bei dir in der Nähe.«
»Wo ist eigentlich Nick?«, fragte Carola.
»Bei einer alten Freundin aus Pö-Tagen«, sagte Papa.
»Kommt ihr?«
Steffen stand auf, ging an den Kühlschrank und holte eine Flasche Wein heraus. »Einen Korkenzieher hat Oma Kölln doch wohl?«, fragte er.
»Klar«, sagte Curio, »sie hat auch einen Eierschneider, einen Sparschäler und eine Krallenzange.«
»Brauchen wir das denn alles heute Abend?«, fragte Carola.
»Ich sag's euch nur, damit ihr wisst, wie gut sie ausgerüstet ist.«
»Wofür eine Krallenzange?«, fragte Steffen.
»Für den Kater natürlich«, sagte seine Frau.
Steffen nickte beruhigt. »Vielleicht löst der Nudelsalat die Zunge unserer Tochter und sie erzählt doch noch ein bisschen mehr von ihrem Ausflug auf den Michel. Ich hab das dumme Gefühl, das war nur die halbe Wahrheit, die sie mir im Auto serviert hat«, sagte er.
»Sie hat gedacht, der Typ sei auf dem Turm, war er aber nicht«, sagte Curio, »der war einfach weg.« Er dachte, dass das auch nur eine halbe Lüge sei.
»Dann ist er hoffentlich endgültig aus unserem Leben verschwunden«, sagte Carola, »er wird es wohl nicht noch mal wagen.«
Curio hatte Mühe, den Mund zu halten und nicht zu sagen,

dass da unten bei Oma Kölln gerade eine Verschwörung vorbereitet wurde. Wie hatte Papa das genannt? Konspirativ.

»Kommt jetzt endlich«, sagte er stattdessen.

Papa und Mama waren nach oben gegangen. Mama, weil sie müde war nach all der Maus und dreimal Nudelsalat nehmen. Papa, weil er noch arbeiten wollte. Vom vollen Magen inspiriert, hatte er gemeint. Da würden ihm die guten Ideen für Nudeltexte nur so zufallen. Oma Kölln holte das »Mensch ärgere dich nicht« hervor und lud die Kinder zum Bleiben ein. Sind ja Ferien, hatte sie zu Papa und Mama gesagt.

Sie spielten auch ein paar Runden. Alles andere wäre Oma Kölln unehrlich vorgekommen. Sie wollte die Lührs nun nicht belügen. Aber eigentlich war keiner von ihnen auf das Spiel konzentriert.

»Und du glaubst, unser blauer Gangster wohnt da am Michel?«, fragte Grete und warf sich versehentlich selbst aus dem Spiel.

Viola nickte. »Er kam wohl aus einem Haus am Krayenkamp. Da muss er hingegangen sein, als ich noch überlegte, auf den Turm zu steigen«, sagte sie, »und dann hatte ich das Gefühl, dass er das Mädchen mit dem Skateboard kannte.«

»Wie willst du das gesehen haben von da oben?«, fragte Curio.

»Instinkt«, sagte Grete, »wie bei mir. Schließlich haben wir Viola heute Nachmittag gefunden.«

Curio stöhnte auf. Er stellte sich unter Detektivarbeit doch was anderes vor als solche Zufallsnummern. »Vielleicht lässt der Typ sich gar nicht mehr in unserer Gegend blicken«, sagte er.

»Aber das Haus in der Semperstraße«, sagte Viola, »da hat er doch bestimmt jemanden ausspioniert.«

»Oder sich die Gardinen angeguckt«, sagte Grete, »und überlegt, ob er sie bei sich auch so hängen will.«

»Quatsch«, sagte Curio. Oma Kölln war ihm nicht mehr ernsthaft genug. Irgendwie wollte sie auf einmal alles weglachen. Das war wohl so ihre Art, die Sache zu Ende zu bringen. Weil sie Schiss gekriegt hatte, dachte Curio. Vor Papa. Und davor, dass ihnen doch noch was passierte.

»Gut«, sagte Oma Kölln, »wir werden noch einmal unsere Nasen da hineinstecken. Aber zum letzten Mal.«

»Wir werden das Haus beobachten«, schlug Viola vor.

»Viel einfacher. Ich rufe bei Butenschöns an und tu so, als ob ich ein Klassentreffen vorbereite. Und dann frag ich nicht nur ganz dumm nach Hein Butenschön, sondern gleich noch, wie viele alte Leutchen denn so im Haus wohnen.«

»Und dann?«, fragte Curio. Er fand inzwischen, dass er der einzige Realist in diesem Kreis war.

»Dann warnen wir sie«, sagte Oma Kölln.

»Sie könnten uns anrufen, wenn sie einen verdächtigen Typen sehen, auf den unsere Beschreibung passt«, sagte Viola.

»Besser noch die Polizei«, sagte Oma Kölln.

»Und wo bleiben wir dabei?«, fragte Curio. Er hatte sich unter einer Verschwörung wirklich was anderes vorgestellt.

»Auf der sicheren Seite«, sagte Oma Kölln. »Sonst drehen mir eure Eltern den Hals um. Da brauche ich dann gar nicht länger auf den Rentnerinnenkiller zu warten. Euer Vater war ganz schön sauer, nachdem er uns aufgelesen hatte.«

»Aber nach deinem Nudelsalat war wieder alles gut«, sagte Viola, »Nudeln machen nämlich glücklich.«

Oma Kölln winkte ab. »Wie viel Uhr haben wir es denn?«,

fragte sie und guckte auf den Wecker, der neben dem Küchenherd stand.

»Viertel nach neun. Da kann man sich noch mal trauen anzurufen. Wenn ich die Butenschöns nur nicht bei den ›Lustigen Musikanten‹ oder einem anderen Schiet störe. Die olle Triebel ist dann immer ungehalten, das glaubt ihr nicht.«

»Ist sie noch im Krankenhaus?«, fragte Viola.

»Übermorgen soll sie rauskommen. Da werde ich sie wohl mal zum Kaffee einladen. Vielleicht weiß sie ja noch was.«

»Nächste Woche ist wieder Schule«, sagte Curio, »dann muss der Fall gelöst sein.«

»Oder wir geben ihn an die Polizei ab«, sagte Oma Kölln.

14.

Hein Butenschön freute sich echt über Gretes Anruf. Sie stellte sich mit Grete Kölln, geborene Semmelhack vor, und Viola und Curio staunten nicht schlecht. Hein Butenschön saß auch nicht vor dem Fernseher, sondern vor einer einsamen Schachpartie. Seine Frau war vor einem Jahr gestorben und er schien dankbar für jede Abwechslung. Grete war bereit, sie ihm zu bieten.

»Dass man so nah wohnt und sich nicht gesehen hat«, sagte er, »die meisten sind doch tot oder längst woanders hingezogen.«

»Du würdest mich kaum erkannt haben«, sagte Grete, »die blonden Zöpfe habe ich schon lange abgeschnitten, und du wirst auch nicht mehr der kleine Drahtige mit dem Igelkopp sein.«

Hein Butenschön lachte. Überhaupt war er Grete ziemlich sympathisch. So am Telefon. Und eh sie sich versah, hatte sie Hein zum Kaffee eingeladen. Gleich für den nächsten Tag.

»Ich will noch was anderes mit dir beschnacken«, sagte sie, »nicht nur das Klassentreffen.«

Sie legte den Hörer auf und guckte die Kinder an.

»O Gott, o Gott«, sagte sie, »das kann ja was werden. Erst der Hein und dann die Triebel zum Kaffee und ohne was im Portemonnaie. Ich muss bekloppt geworden sein.«

»Du hättest ihn doch auch am Telefon alles fragen können. Dafür muss er gar nicht zu dir kommen«, sagte Curio.

»Heute Abend passiert bestimmt nichts mehr und außerdem möchte ich den Hein Butenschön doch mal hier sitzen haben«, sagte Grete und sie sah ganz versonnen aus.

Viola stieß ihren Bruder an und verdrehte die Augen.

Das würden sie sich Morgen auf keinen Fall entgehen lassen.

»Gib ihm aber nicht gleich all unsere Beweise preis«, sagte Curio.

»Das sind ja wohl mehr Vermutungen«, sagte Grete, »aber keine Bange, ich kann den Mund halten.«

»Vor allem musst du ihn nach den alten Frauen im Haus fragen.«

»Könnte es nicht Hein Butenschön sein, den unser Typ auf dem Kieker hat?«, fragte Viola.

»Der hat's auf Frauen abgesehen«, sagte Grete, »das hab ich im Gefühl. Das ist kein Zufall bei dem.«

Sie räumten das »Mensch ärgere dich nicht« ein, ohne es zu Ende gespielt zu haben. Grete überlegte einen Moment, ob sie noch mal die Karten legen sollte. Doch dann beschloss sie, das erst zu tun, wenn die Kinder nach oben gegangen waren. Sie wollte nicht deren Gekicher hören, falls sie den Herz-König aufdeckte.

»Was macht euer Ladykiller?«, fragte Nick am nächsten Morgen.

Papa war gerade dabei, den Tee einzugießen, und er zog ein Gesicht, als habe er sich an der Kanne verbrannt. Nur nicht dran rühren, sollte das signalisieren. Doch Nick kriegte nicht mal mit, dass sein Freund Steffen besorgt den Kopf schüttelte.

»Ich möchte nicht im Studio stehen und mir Sorgen machen müssen«, sagte Mama und zerkrümelte ein Stück ihres Toastes.

»Warum Sorgen machen?«, fragte Viola.

»Darüber, dass ihr beide einem Verbrecher in die Arme lauft.«

Curio schob seiner Mutter das Glas Nutella hin. Einfach so, um ihre Nerven zu stärken. Doch Carola wollte wohl nervös bleiben.

Sie ignorierte das Glas und trank nur von ihrem Tee.

»Das Problem ist wohl eher, dass sie ihm hinterherlaufen« sagte Papa, »aber eigentlich dachte ich, wir hätten das geklärt.«

Er glaubte oft, dass etwas geklärt sei, nur weil er nicht mehr darüber sprechen und auch nichts davon hören wollte.

Nick blieb total gelassen. Er kaute seine vierte Toastschnitte mit Aprikosengelee zu Ende und wandte sich dann Viola zu.

»Du hast den Burschen in der Drogerie gesehen. Da hatte er blaue Haare wie der Täter und erschrak, als er Polizisten sah.«

Viola nickte. »Und er ist auch der Typ, den Curio verfolgt hat.«

»Der nette Abend in der Laubenkolonie«, sagte Nick.

Curio hatte gerade einen großen Happen Brot mit Ernussbutter abgebissen und nahm die Gelegenheit wahr zu schweigen.

»Lasst uns doch mal über was anderes sprechen«, sagte Papa. Er nickte Mama beruhigend zu.

»Nur noch ganz schnell«, sagte Nick. Er war nicht zu bremsen. Wahrscheinlich hatte er als Kind auch alle Bücher von Enid Blyton gelesen. »Was war nun gestern am Michel?«

Viola sah Curio an. »Nichts«, sagte sie, »ich bin ihm nachgegangen und dort habe ich seine Spur verloren. Hab ich doch alles erzählt.«

»Ich muss jetzt los«, sagte Carola, »stellt bitte nichts an.«

Viola guckte auf ihren Teller. Ihr war nicht wohl bei der Lügerei.

Sie fing Nicks Blick auf, als sie wieder hochguckte, und hatte das Gefühl, dass er sie ganz klar durchschaute.

»Vielleicht könnt ihr zusammen in die Störtebeker-Ausstellung gehen«, sagte Papa und sah seinen Freund aufmunternd an. »Dann kann ich heute Vormittag die Texte fertig machen.«

»Eine sehr gute Idee«, sagte Nick.

Curio wollte gerade nölen und was von langweiligen Glaskästen erzählen. Da platzte Viola schon mit einer Antwort heraus, und er konnte nur noch Bauklötze staunen.

»Genial«, sagte sie, »das machen wir gleich nach dem Frühstück.«

Papa sah glücklich aus. »Ich gebe euch das Auto«, sagte er.

»Nur noch einen kleinen Toast mit Aprikosengelee«, sagte Nick, »dann fahren wir los.«

Curio sah seine Schwester an und schüttelte den Kopf. Doch was tat diese Kuh? Sie zwinkerte ihm zu.

Einer der Glaskästen war wirklich nicht ohne, fand Curio. Zwei Totenschädel waren da auf zwei Pfähle genagelt, und einer von den Schädeln konnte gut der von Störtebeker gewesen sein. Jedenfalls war es ein wichtiger Schädel, meinte Nick, denn man hatte ihm ein sauberes Loch in die Schädeldecke gebohrt, bevor er mit einem daumendicken Nagel auf dem Pfahl festgeklopft worden war. Nix war gesplittert, und der abgeschlagene Kopf war sicher eine prima Abschreckung für andere Piraten gewesen.

Die Schwerter der Henker gab es auch noch zu sehen und ein paar alte Kanonen von einem Schmugglerschiff. Alles in allem gar nicht schlecht, und dann lud Nick sie auch noch ins ›Fees‹ ein, das Museumscafé, und sie saßen unter einem Plexiglasdach und sahen dem Regen zu, der mal wieder fiel.

»Nun zu unserem zweiten Programmpunkt«, sagte Nick und nippte an seinem Milchkaffee. »Da müsst ihr mich leiten, aber ich nehme an, es geht zum Michel oder in dessen nächste Umgebung.«

Curio hätte sich beinah an der Apfelschorle verschluckt, aber Viola nickte nur. »Was weißt du alles?«, fragte sie.

»Dass du gar nicht begeistert warst, als du uns gestern in die Arme gelaufen bist. Du hast dich immer wieder umgedreht, als wir zum Auto zurückgingen. Ich vermute, du hattest etwas entdeckt in einer der Straßen. Den Ladykiller vielleicht.«

»Warst du mal Detektiv?«, fragte Curio.

Nick grinste. »Nein«, sagte er, »ich war immer nur Radioreporter. Aber der ist manchmal auch ein Detektiv, wenn er seine Storys recherchieren muss.«

»Ich habe unseren Typen vom Turm aus gesehen. Das heißt, erst mal habe ich ein Mädchen auf einem Skateboard beobachtet, und die ist dann der Länge nach hingeknallt, und er kam gelaufen, um ihr zu helfen. Die Straße muss der Krayenkamp gewesen sein.«

»Er kann sich ganz zufällig dort aufgehalten haben, so wie wir hier im Café sitzen und gleich vor dem Museum stehen werden.«

Viola hob die Schultern. »Kann sein«, sagte sie, »aber ich glaube schon, dass er in einem der Häuser gewesen ist. Ich war fast eine halbe Stunde mit dem Michel beschäftigt. So lange wird er nicht einfach nur auf der Straße gestanden haben.«

»Wir werden uns umgucken«, sagte Nick, »das ist vielleicht

eine kleine Garantie, dass ihr es nicht mehr auf eigene Faust tut.«

»Und wonach gucken wir?«, fragte Curio.

»Nach etwas Verdächtigem«, sagte Nick.

»Vielleicht eine Dose blaues Haarspray, die zufällig in einem Fenster steht«, sagte Curio.

Nick betrachtete ihn. »Du bist nicht sehr begeistert, dass ich mitmache, nicht wahr?«, fragte er.

Curio wollte gerade sagen, dass Erwachsene alles verderben, aber dann erinnerte er sich noch rechtzeitig daran, wie Nick ihn zusammen mit Papa aus dem Fallrohr befreit hatte.

»Ich finde es gut«, sagte Viola, »du darfst nur Carola und Steffen nichts davon erzählen.«

»Alright«, sagte Nick und er dachte, dass ihm diese Zusage leicht fiele, solange es so harmlos blieb wie ein Spaziergang durch eine Straße an der Kirche des heiligen Michael.

»Dann lass uns losgehen«, sagte Viola. Sie trank den letzten Schluck ihres Kirschnektars und sah sich nach dem Kellner um.

Nick blickte zum Plexiglasdach hoch, doch der Regen hatte aufgehört. »Ich schlage vor, wir gehen zu Fuß«, sagte er.

Sie gingen den Holstenwall längs und sahen sich kurz das Bismarckdenkmal von hinten an, um dann die Straße zu überqueren und zum Michel hinüberzugehen.

»Das neue Kupferdach ist noch gar nicht grün angelaufen«, sagte Nick, »eure Luft hier in Hamburg ist zu sauber geworden. Aber wir in London sind auch nicht mehr so schlecht.«

Doch Viola hatte keinen Sinn für das Kupfer des Michels, sie sah auf die Straße, als suche sie nach Fußspuren. Sie lief Curio und Nick ein Stück voraus und war schon halb um den Michel und am Krayenkamp angekommen. Die Tür des Souvenirladens an der Ecke stand auf, ansonsten wirkte die Straße ausgestorben.

»Wir können auf die Klingelschilder gucken«, sagte Nick, der mit Curio herangekommen war.

»Was glaubst du, was da steht?«, fragte Curio. »Blauer Gangster oder blonder Typ?«

»Viellleicht war es auch die Wincklerstraße«, sagte Viola und sah zu der Straße hinüber, die auf der anderen Seite des Souvenirladens lag. »Sie liegen so nah beieinander.«

Curio spähte ein anderes Straßenschild aus. »Vielleicht war es der Thielikestieg«, sagte er und wies zu dem Durchgang hin, auf dessen Torbogen ›Schiffszimmerer-Genossenschaft‹ stand. »Oder Shanghai. Honolulu. Der Jungfernstieg.«

»Du bist eine echte Hilfe«, sagte Viola.

»Und eine ziemlich spitzzüngige«, sagte Nick.

Curio kickte gegen einen Stein, der auf der Straße lag. Er wusste auch nicht, wohin mit der schlechten Laune. Sie hatte ihn auf einmal überkommen, und nun stand er da mit ihr.

»Idiot«, sagte eine Stimme, »du hättest mich fast getroffen.«

Sie blickten alle drei zu dem Mädchen hin, das gerade aus der Winklerstraße gekommen war. Sie hatte einen Arm in Gips.

»Fährst du Skateboard?«, fragte Viola. Sie war sich ihrer Sache nicht ganz sicher, denn das Mädchen war kaum älter als zehn und damit viel jünger, als sie gedacht hatte.

»Klar. Aber man kann sich Arme auch anders brechen.«

»Ich hab dich gestern gesehen, als du gestürzt bist. Aber dann war da ein Junge, der dir geholfen hat.«

»Das war Jan«, sagte das Mädchen und guckte misstrauisch.

»Wohnt der auch hier?«, fragte Viola.

»Nee. Seine Oma wohnte hier. Aber die ist gestorben.«

»Oh«, sagte Nick und überlegte einen Augenblick, ob er jetzt sein Beileid aussprechen sollte. »Ist das schon lange her?«

Das Mädchen sah ihn kurz an und wandte sich dann wieder Viola zu. »Letzten November«, sagte sie, »aber er kommt immer noch.«

»Zu wem?«, fragte Viola.

»Warum willst du das alles wissen?«

Viola guckte Hilfe suchend zu Nick hin.

»Ich hab ihn mal auf einem Schulfest getroffen«, sagte sie und schlug die Augen nieder vor Verlegenheit. »Ich würde ihn gern wiedersehen.« Sie hoffte, dass die Notlüge überzeugend klang.

»Ich kann's ihm ja mal sagen, wenn er wieder hier ist.«

»Wen besucht er denn hier?«

»Gar keinen«, sagte das Mädchen, »er hängt nur hier herum, und oft geht er zu der Wohnung seiner Oma hoch. Die steht noch leer, weil die ganz neu gemacht werden soll. Jetzt hat sie immer noch Ofenheizung und nicht mal ein Badezimmer.«

»Aber du kennst seinen Namen?«, fragte Nick.

»Ich sag ja, dass er Jan heisst.«

»Und sonst noch?«, fragte Curio und sah sich nach einem neuen Stein um, nach dem er treten könnte.

»Ich weiß nur Jan«, sagte das Mädchen. »Und ihr rückt hier zu dritt an, weil du ihn auf einem Schulfest gesehen hast? Du musst ja ganz schön verknallt sein.«

Viola wurde rot. Ihr persönlicher Einsatz fing an, deutlich zu hoch zu werden. Doch Nick griff ein und stellte ihre Ehre wieder her.

»Wir wollten ihn fragen, ob er in unseren Chor kommt«, sagte er, »ich bin der Chorleiter.«

»Jan kann singen? Der ist doch immer heiser.«

Nick zögerte. Ihm fiel jetzt nichts mehr ein.

»Falls du ihn siehst, sag ihm, er soll sich bei Grete Kölln melden. Mit zwei L. Die Nummer steht im Telefonbuch«, sagte Viola da hastig, und sie bereute es schon in der nächsten Sekunde.

Nick und Curio sahen sie entsetzt an.

»Ich muss gehen«, sagte das Mädchen. »Mit zwei L. Kann sein, dass er mir noch ein Geschenk bringt. Wegen meinem Arm.«

Sie kehrte ihnen den Rücken zu und ging in die Wincklerstraße hinein, ohne sich weiter um sie zu kümmern.

»Wie heißt du eigentlich?«, rief Curio ihr nach. Doch das Mädchen war nicht mehr bereit, noch irgendwas preiszugeben.

Curio drehte sich um und blitzte seine Schwester an.

»Bist du dir eigentlich klar darüber, dass du Oma Kölln eben zum Lockvogel gemacht hast?«, fragte er.

»Das hat die doch sofort wieder vergessen«, sagte Viola, »sehr helle ist die nicht.« Aber sie klang kleinlaut.

»Ihr solltet eurer Oma Kölln auf jeden Fall erzählen, dass da eine Panne passiert ist«, sagte Nick. »Ich habe keine Ahnung, wie der Ladykiller seine alten Frauen auswählt, aber damit könnten wir ihn auf eine gebracht haben.«

»Wie soll er an der Telefonnummer erkennen, dass sie alt ist?«

»Mensch, weil sie Grete heißt«, sagte Curio, »so heißt doch heute keine mehr.«

»Dann müsstest du ja vierhundert Jahre alt sein«, sagte Viola.

»Lasst uns zum Auto gehen«, sagte Nick, »dann erzähle ich euch, wann Shakespeare gestorben ist und wann vermutlich das Stück entstand, in dem er den Curio auftreten ließ.«

»Bloß nicht«, sagte Curio, »ich habe heute schon genug über Störtebeker erfahren.«

»Das lässt sich nicht unbedingt vergleichen«, sagte Nick, »William Shakespeare war der größte Dichter der Welt.« In seiner Stimme schwang Stolz mit.

»Ihr Engländer müsst eben zusammenhalten«, brummte Curio, »und dass der 1616 gestorben ist, weiß ich auch. Das muss man irgendwann mitgekriegt haben, wenn man Carola zur Mutter hat.«

»Alright«, sagte Nick, »dann könnt ihr euch stattdessen überlegen, wie ihr es Grete sagt.«

»Wir haben um vier Kaffee und Kuchen bei ihr«, sagte Viola, »da ist ein weiterer Informant geladen. Hein Butenschön.«

Nick seufzte. »Wenn das alles eure Eltern wüssten«, sagte er.

15.

Die Kinder brachten Ingwerkekse als Gastgeschenk, von denen Nick zwei Dosen aus London mitgebracht hatte. Oma Kölln war dankbar, denn sie hatte nur ein paar Baisers backen können, aus dem Eiweiß, das beim Mayonnaisemachen übrig geblieben war.

Die gute gestickte Decke lag auf dem Küchentisch und vier Teller und Tassen mit Goldrand. Curio traute seinen Augen nicht.

»Omi-Teller«, sagte Grete und grinste, »wie bei der ollen Triebel.«

»Wieso kennen wir das Geschirr denn nicht?«, fragte Viola.

»Das hab ich immer geschont, aber damit ist nun Schluss. Wenn ihr den Butterkuchen zu meinem Leichenschmaus darauf esst, hab ich auch nichts mehr davon, und meine Gisela will den alten Kram vielleicht gar nicht haben.«

Es klingelte, und Oma Kölln warf noch einen Blick auf ihren Tisch und eilte zur Tür. »Achtet bloß darauf, dass Hein sich nicht auf das Kanapee setzt«, rief sie, »da kommt er nie mehr hoch.«

Sie drückte den Öffner und kehrte in die Küche zurück, um Hein Butenschön Gelegenheit zu geben, in aller Ruhe die drei Stockwerke zu bewältigen. Doch Hein war schneller, als sie dachte, und sie stand noch bei den Kindern, als er an die offene Tür klopfte.

»Komm rein!«, rief Grete aufgeregt und die Kinder konnten an dem Wiedersehen nach über sechzig Jahren teilnehmen, obwohl sie höflich im Hintergrund hatten bleiben wollen, denn ehe sie sich versahen, stand der alte Herr schon in der Küche.

»Mensch, Hein«, sagte Grete und wischte sich noch mal die Hand am Rock ab, bevor sie sie ausstreckte.

Hein Butenschön hielt sich nicht lange mit Händedrücken auf, er nahm Grete in den Arm, und sie war bestimmt zwei Kopf kleiner als er. »Gut siehst du aus, Grete«, sagte er, »auch ohne Zöpfe.«

Viola und Curio guckten begeistert.

»Das sind deine Enkel?«, fragte er.

»Leider nicht. Aber so gut wie. Viola und Curio wohnen über mir.«

Hein nickte. »Euch hab ich doch schon an Fesches Wurststand vorne beim Goldbekmarkt gesehen«, sagte er.

Die Kinder konnten das nur bestätigen. Bei Fesches, die dort jeden Samstag ihren Platz hatten, blieb ein ansehnlicher Teil von Violas und Curios Taschengeld. Currywurst oder Thüringer standen bei ihrer Mutter auf der schwarzen Liste. Also mussten sie heimlich gegessen und leider selbst bezahlt werden.

»Da esse ich nämlich gern mal eine Wurst, seit Traute tot ist«, sagte er und zog eine Schachtel Knuspergold aus der Tasche seines Jacketts. »Ein paar Pralinen für dich, Grete«, sagte er.

Oma Kölln verkniff sich zu sagen, das sei nicht nötig gewesen, und schob die Schachtel gleich an prominenter Stelle auf den Tisch.

Nach dem zweiten Baiser, dem vierten Ingwerkeks und einer Praline kam Hein Butenschön ganz von selbst darauf, Grete zu fragen, welch weiteres Thema sie mit ihm hatte beschnacken wollen. Das Klassentreffen war erst mal abgehakt.

»Du hast doch sicher schon von dem Kerl gehört, der die Rentnerinnen überfällt«, sagte Grete.

»Überfallen hat«, sagte Hein, »ich hoffe doch, das ist vorbei.«

»Wir fürchten, da kommt noch was nach. Unser Curio hat ihn vor eurem Haus stehen sehen, und kaum fühlte er sich entdeckt, da ist er geflohen«, sagte Grete.

»Donnerwetter! Ihr wisst, wer es ist?«

»Nicht so ganz«, sagte Viola, »aber wir haben eine Vermutung.«

»Falsche Anschuldigung«, sagte Hein, »damit ist nicht zu spaßen.«

»Warst du bei der Polizei?«, fragte Grete.

»Nee. Aber bei der Justizbehörde.«

»Wir sammeln noch weitere Beweise«, sagte Viola.

»Vielleicht hat er es ja auf mich abgesehen«, sagte Hein.

Grete schüttelte den Kopf. »Glaub ich nicht«, sagte sie, »es sei denn, du schleppst auffällig viel Geld mit dir rum.«

»Keine Tausender, wie die beklauten alten Damen.«

»Bleiben wir bei den alten Damen«, sagte Grete, »gibt es davon ein paar in deinem Haus?«

»Nur eine«, sagte Hein Butenschön, »und das ist eine ganz schöne Schreckschraube. Die hat sich mal mit meiner Traute doll in den Haaren gehabt. Bark heisst die, Hilde Bark.«

Er strich sich über das Haar, von dem er noch einen hübschen weissen Kranz hatte, und wirkte nachdenklich.

»Da war mal was«, sagte er, »ein ganz großer Knatsch. Das hing mit einem Kaffeekränzchen zusammen, das die Bark einmal in der Woche abhielt. Aber genau weiß ich das nicht.«

Er sah erst Grete und dann die Kinder an.

»Glaubt ihr, sie könnte das nächste Opfer sein? Angeben tut sie ja genug mit ihrem Geld.«

Curio stopfte sich das Baiser, das er gerade genommen hatte, ganz in den Mund, so aufgeregt war er auf einmal.

»Ist sie so eine mit hoher blonder Betonfrisur?«, presste er zwischen dem zermalmten Baiser hervor.

»Blond gefärbt ist sie«, sagte Hein Butenschön, »und wenn du mit Betonfrisur einen hochtoupierten Helm mit viel Spray meinst …?«

Curio rieb ein paar Krümel von seinem Kinn und zog es vor, nur noch zu nicken, bis das Baiser geschluckt war. Dann sagte er: »In der Frisur finden zwei Vogelnester Platz. Doppelstöckig.«

»Dann ist sie es«, sagte Hein.

»Ist das die, vor der unser Typ neulich Abend weggelaufen ist?«, fragte Viola.

Ihr Bruder nickte und schluckte. »Ich glaube, wir sind nah dran«, sagte er, »wenn wir noch wüssten, welche Bank sie hat.«

»Die Commerzbank«, sagte Hein Butenschön, »am Winterhuder Weg. Dicke Aktienpakete hat sie da deponiert. Hat sie früher jedem erzählt, der ihr zuhörte.«

»Und was wollt ihr jetzt?«, fragte Grete. »Zwischen Heins Haus und der Commerzbank hin- und herlaufen?«

»Sie wohnt auf meiner Etage«, sagte Hein, »und sie hat ein halbes Dutzend Schlösser, die sie mit großem Getöse schließt, wenn sie das Haus verlässt. Ich höre das, ob ich will oder nicht. Dann könnte ich euch doch schnell anrufen.«

»Du bist wirklich ein feiner Kerl«, sagte Grete, »dass du dich darauf einlassen willst. Du könntest uns ja auch für bekloppt erklären.«

»Und dann verlässt sie das Haus und geht zum Friseur oder zu ›Butter Lindner‹«, sagte Viola.

»Von denen schleppt die Bark täglich schwere Tüten an«, sagte Hein Butenschön, »da wird sie auch zur Bank gehen, um Geld für die ganzen Einkäufe zu holen.« Ihm schien der Gedanke gut zu gefallen, seine Nachbarin mal genauer ins Visier zu nehmen.

»Dann lassen wir uns ein letztes Mal drauf ein«, sagte Grete und sah die Kinder an, »Betonung liegt auf letztes Mal.« Sie schob sich ein Stück Mandelsplitter in den Mund und kaute es krachend.

»Ich könnte auch mal die Verfolgung aufnehmen«, sagte sie, »so von Heins Wohnung aus. Damit das nicht zu auffällig wird mit euch beiden, wenn ihr immer zwischen dem Friseur und Butter Lindner dieser Ollen hinterherlauft.«

Nur Hein Butenschön hielt das für eine gute Idee. Viola und Curio dachten beide sofort daran, dass Viola Oma Köllns Namen preisgegeben hatte und waren gar nicht begeistert. Schließlich gehörte Oma Kölln damit zum Kreis der Gefährdeten, die Gefahr musste nicht noch vergrößert werden, weil sie hinter der Bark hertappte und dem blonden Typen in die Arme lief.

»Wir müssen dir noch was sagen, Oma Kölln«, sagte Viola. Sie hatte es eigentlich nicht vor den Ohren von Hein Butenschön tun wollen, doch der schien ja sehr in Ordnung zu sein.

»Ihr seht so betreten aus«, sagte Grete, »habt ihr mich vielleicht schon als Lockvogel vor den Käfig gesetzt?«

»Hast du das in deinen Karten gesehen?«, fragte Curio.

Viola sagte gar nichts. Es war ihr so schrecklich unangenehm gewesen, Oma Kölln die Panne zu gestehen, dass ihr jetzt erst einmal die Sprache wegblieb.

»Nimm noch einen Ingwerkeks, Violchen. Euer Engländer hat mich angerufen gehabt, bevor ihr gekommen seid. Hat ihn wohl arg das Gewissen geplagt, denn ihm ist ja auch nichts Kluges eingefallen, als du meinen Namen posauntest.

»Bist du sehr sauer?«, fragte Curio.

»Na, begeistert bin ich nicht. Aber so schlimm wird's schon nicht werden, und keiner von uns weiß, ob dieser Jan der Täter ist.«

»Klärt ihr mich bitte mal auf«, sagte Hein.

»Machen wir«, sagte Grete, »aber erst mal ist abgemacht, dass du bei mir anrufst, wenn die Olle ihre Tür mit den sieben Schlössern verschließt. Dann alarmiere ich die Kinder.«

Hein Butenschön ging es durch den Kopf, ob es nicht der bessere Weg wäre, diese Bark einfach zu warnen. Doch er verwarf den Gedanken gleich wieder. Einerseits, weil er nicht wirklich glaubte, dass sie in Gefahr war. Die Phantasie der Kinder hatte das Ganze sicher ausgeschmückt, und Grete war doch schon als Gretchen Semmelhack verrückt auf Räubergeschichten gewesen. Hatte sie nicht die Geschichte vom ›Roten U‹ mit in die Schule gebracht?

»Erinnerst du dich noch an das ›Rote U‹, Grete?«, fragte er.

»Und ob«, sagte sie, »mein erster Krimi.«

Andererseits hatte er gar keine Lust, die Bark zu warnen. Er würde doch nur eine patzige Antwort bekommen. Ach, wenn er sich doch erinnern könnte, was damals für ein Knatsch gewesen war. Was richtig Großes jedenfalls, fast schon ein Skandal. Hein seufzte.

Seine Traute hätte das natürlich sofort gewusst.

Grete kapierte nicht gleich, dass es das Telefon war, das da in ihrem Kopf klingelte, denn gleichzeitig brummte es auch noch da drin, und das musste von dem Kümmelschnaps kommen, den sie gestern Abend noch in der Speisekammer gefunden hatte. Hein und sie hatten einige Gläschen davon getrunken.

Sie stieg ziemlich mühevoll aus dem Bett und störte den Kater, der sich am Fußende ausgestreckt hatte und nun fast herunterfiel.

»So«, sagte Grete, »Herr Amadeus gibt mir wieder die Ehre. Als Hein da war, hast du ja wohl nur unterm Kanapee gehockt.«

Der Anrufer hatte wirklich Geduld mit ihr, denn das Telefon klingelte immer noch, als sie endlich im Flur angekommen war.

»Die olle Bark wird doch noch nicht unterwegs sein«, sagte Grete, als sie den Hörer abnahm. Wer sollte das sein, wenn nicht Hein?

Grete schielte nach dem Küchenwecker. Noch keine acht.

Der Anrufer schwieg. Er schwieg und atmete. Nicht besonders laut, aber doch, dass man hören konnte, dass er noch dran war.

»Hier ist Grete Kölln«, rief Grete in den Apparat, »und die wird gleich ziemlich ärgerlich, wenn sich keiner meldet.«

Ein Räuspern am anderen Ende der Leitung. Mehr nicht.

Grete knallte den Hörer auf.

»Ob das dieser Jan war?«, fragte sie und sah den Kater an, der jetzt maunzend um ihre Beine strich.

»Und ich hab was von der Bark in den Hörer hineingequasselt. Das kann ja heiter werden.«

Sie schlich ins Bad und linste in den Spiegel und stöhnte auf. So viele Überraschungen bot ein altes Gesicht eigentlich nicht mehr, doch heute Morgen, fand Grete, hatte sie noch hundert Falten dazubekommen.

»Ich kenn dich nicht, aber ich wasch dich trotzdem«, murmelte sie ihrem Spiegelbild zu und drehte den Hahn mit dem kalten Wasser auf.

»Muss an dem Kümmelschnaps liegen. Bekommt mir nicht mehr.«

Zu gebrauchen war sie erst wieder nach der Hafersuppe, die sie sich aus Köllns Haferflocken kochte. Da war es neun Uhr und sie beschloss, nun mal mit Hein Butenschön zu telefonieren.

Hein ging es bestens. Er hatte keinen Brummschädel und auch nicht angerufen. Von der Bark war noch kein Mucks gekommen.

Um elf fand Grete, dass der Tag ein bisschen träge verlief.

Hein Butenschön hatte noch immer nichts von der Bark gehört. Um halb zwölf saßen wenigstens die Kinder auf dem Kanapee.

»Wir raufen uns die Haare, und es wird gar nichts passieren«, sagte Grete. Den frühmorgendlichen Anruf verschwieg sie. Das kam ihr nicht in den Sinn, Viola Schuldgefühle zu machen.

Sie kochte Bandnudeln, tat einen dicken Klecks Butter drauf und stellte die Teller auf den Küchentisch.

»Was habt ihr da eigentlich für einen Papierkram?«, fragte sie, als die Kinder den Tisch frei machten. Die Karte, die dabei lag, hatte Noppen wie ein Legostein.

»Alex hat aus Legoland geschrieben«, sagte Curio.

»Sollte der nicht längst wieder hier sein?«

»Die haben ihren Urlaub verlängert«, sagte Curio, »weil jetzt endlich die Sonne scheint.«

Grete guckte kurz aus dem Fenster. »Da haben die Dänen ja mehr Glück als wir hier«, sagte sie. »Legoland.« Sie schüttelte den Kopf.

»Und was ist das für eine Liste? Steht ja Triebel oben drauf.«

»Das ist die Liste mit den vier Opfern«, sagte Curio. »Aber ich kenne nur Frau Triebel und Frau Zintel mit Namen, bei den anderen beiden weiß ich bloß die Straße.«

»Die in der Preystraße heißt Prüssing. Das weiß ich von unserem Kommissar Knaub. Soll ne ziemlich feine Dame sein.«

Curio schrieb ›Prüssing‹ auf die Liste.

»Dann fehlt uns nur die in der Barmbeker«, sagte Viola.

»Nach den Nudeln ruf ich Hein noch mal an. Da erzählt er uns, dass die Bark ständig zur Bank und zu ›Butter Lindner‹ läuft, und was passiert? Null und nichts.«

Das Telefon klingelte kurz nach eins. Grete ging ran und sagte nur ihren Namen und dann eine ganze Weile gar nichts. Die Kinder kamen vom Kanapee und gingen zu ihr in den Flur.

»Gut«, sagte Grete gerade, »dann kommen wir gleich zu dir rüber.«

Dann legte sie den Hörer auf und guckte vor sich hin.

»Erzähl schon«, sagten Viola und Curio gleichzeitig.

Grete Kölln atmete einmal tief durch. »Hilde Bark könnt ihr mit auf die Opferliste setzen«, sagte sie.

16.

Hein Butenschön hatte die Stunden bei Grete wirklich genossen. Gegen zehn war er nach Hause gekommen und hatte die Haustür hinter sich abgeschlossen, um die vier Treppen in den zweiten Stock hochzusteigen. Bei seiner Nachbarin Hilde Bark war alles still. Hein hatte noch einen Weinbrand getrunken, was leichtsinnig gewesen war nach dem Kümmel, aber er hatte einfach noch mal ganz gemütlich über den Abend bei Grete nachdenken wollen. Dann war er schlafen gegangen.

Der Vormittag verging mit Lauern hinter der Tür. Schließlich hatte er Grete und den Kindern zugesagt, ein Auge und Ohr auf die Bark zu haben. Ungewöhnlich genug, dass sich nichts tat, denn Hilde Bark hatte sonst Hummeln unterm Hintern. Hein dachte sich noch nicht allzu viel dabei. Vielleicht war sie sehr früh zum Friseur gegangen, als er noch im Bett gelegen hatte, und an ihrer Frisur arbeitete der Friseur sicher Stunden.

Er telefonierte zweimal mit Grete, das zweite Mal gegen elf. Dann nahm er sich das Abendblatt und setzte sich im Wohnzimmer in den Sessel, der dem Flur am nächsten stand, um in Hörweite zu bleiben.

Den Krach, der um halb eins losging, hätte er gar nicht verpassen können. Das Sirenengeheul vorm Haus ließ ihn aus dem Sessel hochspringen und zum Fenster eilen. Zwei Peterwagen standen auf der Straße und ein kleiner Löschzug der Feuerwehr. Deren Besatzungen stürmten wohl gerade die vier Treppen hoch, denn Hein Butenschön bekam den Eindruck, dass seine Wohnungstür aufspringen würde von all der Energie, die sich da draußen ballte. Doch er machte sie selber auf, um zu sehen, was los war.

Hein sah, dass man gerade dabei war, Hilde Barks Tür mit einem Brecheisen aufzubrechen. Die sieben Schlösser schienen jedoch nicht in Betrieb zu sein, denn es gelang dem Feuerwehrmann wenige Augenblicke später, sie zu öffnen.

Hein Butenschön platzte vor Neugier. Er versuchte auch, kurz in die Wohnung der Bark zu spähen. Doch er hütete sich, mit hineinzugehen, selbst wenn man ihn gelassen hätte. Es wäre ihm viel zu peinlich gewesen, für einen Gaffer gehalten zu werden, der nur die Helfer störte. Das Äußerste, was er sich gestattete, war den jungen Polizisten anzusprechen, der allein aus der Wohnung kam.

»Frau Bark ist überfallen worden«, sagte der in knappem Ton, »wir werden sicher noch Fragen an Sie haben.«

»Aber sie lebt«, konnte Hein noch fragen.

»Sie scheint körperlich so weit unversehrt«, erlaubte sich der Polizist zu sagen und dann lief er die Treppe hinunter.

Das tat Hein Sekunden später auch. Er holte sich noch seinen Schlüssel und zog die Strickjacke über. Die beste Idee schien ihm, sich vor das Haus zu begeben, denn da hatte er eben bereits eine Schar Neugieriger gesehen. Das eine oder andere Gerücht war wohl schon im Umlauf und kam vielleicht der Wahrheit nahe. Auf der Treppe Maulaffen feilhalten wollte er auf keinen Fall.

Die Entscheidung war richtig gewesen, denn Hein Butenschön fand auf der Straße einen Kreis gut informierter Menschen vor.

Die Hauptinformantin war eine Frau mit Hund, die als Erste auf Hilde Bark und ihre Not aufmerksam geworden war.

Eigentlich war der Hund der Retter. Denn er hatte so lange an einer Stelle geschnüffelt, dass seiner Herrin Zeit genug blieb, das Haus zu betrachten, vor dem sie stand. Dabei hatte sie die alte Dame am Fenster bemerkt, die an einem Stuhl festgebunden schien, und auf dem Mund klebte ihr Leukoplast.

»Mit der Stirn hat sie gegen die Scheibe gestoßen«, sagte die Frau mit dem Hund, »heftig gegen die Scheibe.«

Hilde Bark war praktisch und sie hielt was aus.

Und als sie aus der Tür getragen und in den Rettungswagen der Feuerwehr geschoben worden war, hatte sie schon wieder den Kopf gehoben und alle Anwesenden böse angesehen. Ihre linke Hand hatte sich dabei um ein großes goldenes Teil geklammert, das an ihrem Hals hing. Und Hein war nach oben gegangen, um mit Grete zu telefonieren und ihr die Neuigkeiten zu erzählen.

Oma Kölln und die Kinder waren zehn Minuten später bei Hein in der Semperstraße und standen ein bisschen beklommen im Treppenhaus, bis sie die Spurensicherung kommen sahen. Sie gingen in Heins' Wohnung und blieben nur kurz auf ein Glas Apfelsaft. Oma Kölln mochte sich noch nicht mal setzen.

»Komm lieber später noch mal zu uns, Hein«, sagte Grete, »ich hab so ein dummes Gefühl, dass bei mir drüben was passieren wird.«

Viola und Curio sahen sie erschrocken an.

Erst mal passierte es, dass Gretes Telefon klingelte, kaum dass sie zur Tür herein gekommen waren. Lieselotte Triebel war dran. Sie hielt es nicht aus in ihrer Wohnung, obwohl sie doch eben erst aus dem Krankenhaus gekommen war.

»Dann komm mal her«, sagte Grete, »Kaffeebohnen sind noch da.«

Sie legte auf und zog den Mantel aus.

»Das wird hier ja wirklich eine Stätte der Begegnung«, sagte sie, »fehlt nur noch, dass unser blauer Gangster mal vorbeiguckt.«

»Er hat sich doch nicht gemeldet?«, fragte Viola und sah Grete forschend an. Gestern Abend vorm Einschlafen hatte sie noch lange darüber nachgedacht, was der Typ mit Oma Köllns Namen wohl anstellen könnte. Ins Telefonbuch gucken. Ihre Nummer erfahren. Die Winterhuder Adresse. Und dann?

Was hatte Nick gesagt? Er habe keine Ahnung, wie der Typ seine alten Frauen auswähle. Wenn der irgendwie herausfand, dass sie alle ganz ordentlich Geld hatten, dann war Oma Kölln auf jeden Fall auf der sicheren Seite. So pleite wie sie war.

»Nee«, sagte Grete etwas zu gedehnt.

Vielleicht hätte Viola noch mal nachgehakt, wäre Curio nicht dazwischengekommen. »Was ist mit Ingwerkeksen?«, fragte er.

»Alle aufgegessen«, sagte Grete.

»Ich meine, ob wir neue bringen sollen. Für Frau Triebel.«

»Wollt ihr nicht noch welche für eure Eltern übrig lassen?«

»Mama ist auf Diät«, sagte Curio, »und Papa mag keinen Ingwer.«

»Na dann bringt mal mit«, sagte Grete, »aber kommt erst gegen vier. Kann ja sein, dass die olle Triebel sonst noch was auf dem Herzen hat, was nur uns zwei alte Schachteln angeht.«

»Wenn wir bloß wüssten, was bei der Bark vor sich gegangen ist«, sagte Viola. »Dass die den Typen überhaupt hereingelassen hat.«

»Vielleicht erfährt Hein noch was«, sagte Grete. »Die Polizei wollte doch noch mal zu ihm kommen.« Sie guckte zu dem kleinen Stapel Spielkarten, der auf dem Küchentresen lag, als könne sie von ihm die nötigen Antworten kriegen.

»Können die Karten uns helfen?«, fragte Curio.

»Das lassen wir lieber«, sagte Grete. »Sonst decke ich wieder die ganze Kreuz-Familie auf.«

Papa und Nick saßen am Küchentisch und hatten eine Kanne Tee und die Ingwerkekse zwischen sich. Nick trank gerade aus Mamas Keramikbecher, auf dem ein Porträt von Shakespeare war. Der ehrwürdige Dichter hatte wirklich eine sehr hohe Stirnglatze.

»Da seid ihr ja«, sagte Papa, als er seine Sprösslinge in der Tür stehen sah. »Wir waren kurz davor, bei Oma Kölln zu klingeln und euch zu holen.«

»Was ist los?«, fragte Viola.

»Jemand hat das Radio auf N-joy gestellt.«

»Ist das so schlimm?«, fragte Curio.

»Nein«, sagte Papa, »ich wollte es gleich wieder auf NDR 4 stellen, aber siehe da, N-joy hat auch Nachrichten, und die brachten das Neueste aus Winterhude.«

»Der Ladykiller hat wieder zugeschlagen«, sagte Nick.

»Bei der Bark«, sagte Curio, »Hein Butenschöns Nachbarin.«

Papa machte den Mund auf, aber er blieb erst mal sprachlos.

»Der Informant, der Oma Kölln besucht hat?«, fragte Nick.

Die Kinder nickten.

»Was soll ich mit ihnen machen«, sagte Papa und klang ziemlich verzweifelt. Er sah Nick an. »In den großen Kleiderschrank im Flur sperren, falls Carola nicht gerade drin sitzt?«

»Ist Mama schon da?«, fragte Curio.

»Mama isst gar keine Schokolade im Schrank mehr«, sagte Viola.

»Sie lebt Diät, das ist mir bestens bekannt«, sagte Papa. »Nein, Curio, Mama ist noch nicht da und sie kommt heute auch später.«

»Dann können wir um vier noch mal zu Oma Kölln?«

Papa stöhnte auf. »Ihr gebt nicht eher nach, bis ihr in ein paar Meter Klebeband gewickelt seid und zu ersticken droht.«

»Wie kommst du darauf?«, fragte Viola.

»So haben sie die alte Dame gefunden. Wie sagst du heißt sie?«

»Bark«, sagte Viola, »in der Semperstraße.«

»Und meine Kinder waren schon am Tatort. Wie soll ich das nur eurer Mutter beibringen?«

»Gar nicht«, sagte Curio. »Mama sagt auch immer, dass Männer alles essen dürfen, aber nicht alles wissen.«

»So«, sagte Papa und sah seinen grinsenden Freund Nick an.

»Was kann uns passieren bei Oma Kölln?«, fragte Viola.

»Mit ihr hat alles angefangen«, sagte Papa.

»Hat sich der geheimnisvolle Jan bei ihr gemeldet?«, fragte Nick.

»Wer ist das?«, fragte Papa.

»Ein junger Mann, der verdächtig ist«, sagte Nick.

»Hängst du jetzt auch schon mit in dem Komplott?«

Steffen fühlte sich, als habe er die ganze Welt gegen sich.

»Ich werde das Gefühl nicht los, dass er sich gemeldet hat«, sagte Viola, »aber vielleicht ist das nur mein schlechtes Gewissen. Oma Kölln tut jedenfalls so, als sei nichts gewesen.«

Nick sah Viola an. Dann sagte er zu Papa: »Wir haben gestern über den Fall gesprochen, Viola, Curio und ich. Wir waren ja auch in einer kriminell anregenden Umgebung. Bei Klaus Störtebeker.«

Curio seufzte erleichtert. Eine Sekunde hatte er gedacht, Nick könne nicht die Klappe halten.

»Wir sind darauf gekommen, dass der Täter nur alte Frauen mit Geld aussucht«, sagte Viola, »da sind wir bei Oma Kölln sicher.«

»Ihr versprecht mir, den Kerl nicht mehr durch ganz Hamburg zu verfolgen?«, fragte Papa.

Viola und Curio blickten sich kurz an.

»In Ordnung«, sagte Viola dann. Curio nickte. Nur Nick dachte, dass dies ein Versprechen war, das zu viele Freiheiten ließ.

Lieselotte Triebel hatte noch ein großes Pflaster an der Schläfe, aber ihr Gesicht war wieder gut durchblutet und ihre Augen klar. Nur mit ihren Nerven stand es noch nicht zum Besten.

»Ich kann nicht allein in der Wohnung sein, Grete«, sagte sie.

Grete Kölln fürchtete schon Schlimmes und dachte flüchtig, dass sie auch noch eine alte Matratze auf dem Dachboden hatte, auf der die Triebel liegen könnte. Aber begeistert war sie nicht von dem Gedanken an eine solche Einquartierung.

Doch Frau Triebel setzte sich beherzt auf das Kanapee, ehe Grete es verhindern konnte, und machte ihr gleich wieder Mut.

»Aber ich muss da einfach durch, Grete«, sagte sie. »Gleich die erste Nacht jetzt. Es wird ja wohl nicht noch mal was passieren.«

»Nee«, sagte Grete, »mit dir ist er durch.«

»Bei den anderen«, sagte die Triebel, »da hat er den Trick mit dem Enkel nicht mehr gebracht. Vielleicht war ich besonders dämlich.«

»Glaub ich nicht. Die war einfach nur zu auffällig, diese Enkeltour. Ein Äthertuch auf die Nase zu bekommen ist auch nicht fein.«

»Aber das mit dem Enkel schmerzt doch mehr«, sagte die Triebel.

Grete legte ihre Hand auf die Hand ihrer Freundin. »Ich koch uns erst mal einen Kaffee«, sagte sie, »das weckt die Lebensgeister.«

Doch Lieselotte Triebels Geister wurden schon vor dem Kaffee geweckt. Grete hörte ihren kurzen Aufschrei, als sie gerade die Bohnen in die elektrische Mühle füllte. Sie drehte sich um.

»Was ist denn nun los?«, fragte sie.

»Was ist das hier für eine Liste?«

»O je«, sagte Grete, »Curio hat seine Opferliste liegen lassen.«

»Da stehe ich ja drauf«, sagte die Triebel. »Aber auch die Prüssing und die Zintel und die Bark.«

»Die war heute Morgen dran. Hast du davon noch nichts gehört?«

Lieselotte Triebel schüttelte den Kopf.

Grete schaltete erst jetzt. »Kennst du die anderen Damen denn?«, fragte sie und guckte die Triebel aufmerksam an.

Die war wieder ganz blass geworden. »Und ob«, sagte sie, »das in der Barmbeker Straße kann nur die Krögersche sein.«

Grete Kölln gab es auf, die daneben gefallenen Kaffeebohnen einzusammeln, und setzte sich auf den nächsten Küchenstuhl.

»Eine Zeit lang hat auch Traute Butenschön dazugehört«, sagte die Triebel, »aber die wollte es dann nicht mehr mitmachen.«

»Was?«, fragte Grete. Sie fing an, sich ungeheuer anzuspannen.

Die Triebel schluchzte auf. »Ich hab mich ja auch geschämt«, sagte sie. »Aber ich glaube, ich war dann einfach nur erleichtert, dass Hilde Bark nicht mich ausgesucht hatte, das Opfer zu sein.«

»Um Gottes willen, wovon sprichst du?«, fragte Grete.

»Von den Kaffeekränzchen der Bark«, sagte die Triebel leise, »und von der kleinen Alten, die sie dann zum Bedienen kommen ließ.«

»Ich krieg irgendwie so ne Ahnung«, sagte Grete.

»Schwarzes Kleid. Weiße Schürze. Weißes Häubchen. Darauf bestand Hilde Bark. Später auch auf weiße Handschuhe, weil sie behauptete, dass die kleine Alte die Hände nicht gut genug wusch. Kein Fleckchen, kein Stäubchen durfte auf der Kleidung sein. War auch nicht. Hat die Bark nur immer behauptet, und die kleine Alte hat sich dann geschämt und ganz schrecklich gedemütigt gefühlt und oft genug in der Küche geweint. Ich habe still zugesehen, doch die anderen haben mit auf ihr herumgehackt.«

»Wer nichts tut, macht sich auch schuldig«, murmelte Grete.

»Da hast du Recht«, sagte die Triebel.

»Aber warum hat diese kleine Alte der Bark die Brocken nicht vor die Füße geschmissen? Wir leben doch nicht mehr in den Zeiten der Leibeigenschaft.«

»Die Bark hatte ein Druckmittel«, sagte die Triebel und hob die Schultern, »ich weiß nicht mehr genau. Vielleicht hat die kleine Alte auch nur ausgehalten, weil sie ihren Enkel mit durchbringen musste.« Die Triebel stockte. »Enkel«, wiederholte sie.

Grete hatte die Ellbogen auf den Tisch gestützt und guckte auf ihre gute Decke. »Hast du den kennen gelernt?«, fragte sie.

Lieselotte Triebel schüttelte den Kopf. »Aber ich hab mich mal hässlich hervorgetan, als die Alte des Diebstahls verdächtigt wurde. Das kam alle naslang vor, und immer zu Unrecht. Wenn die Bark etwas nicht auf Anhieb fand, hat sie die Alte beschuldigt. Der Enkel klaue doch bestimmt auch, habe ich gesagt, und der sei doch schon mal bei der Bark in der Wohnung gewesen. Gesocks bliebe Gesocks, habe ich gesagt, da würde einfach nichts Gutes draus. Lieb Kind bei der Bark sein. Da lag mir dran. Dafür habe ich glatt mein Gewissen verraten.«

»Aber warum?«, fragte Grete. »Was hatte die Bark denn für eine Macht über euch?«

Die Triebel schluchzte. »Ich kann es mir nicht erklären. Sie hat einfach allen Angst gemacht. Sie war so herrisch.«

Grete stand auf. »Ich muss die Kinder anrufen«, sagte sie, »die müssen das wissen. Das haben sie verdient.« Grete ging zum Telefon und wählte die Nummer der Lührs, und als sie so im Flur stand, merkte sie, dass ihr die Knie zitterten.

17.

Curio hatte gerade ein langes Gespräch mit Max geführt, der für die letzten Ferientage bei seiner Tante in der Heide hockte und nur noch sein Handy hatte, um sich zu amüsieren. Curio gab ihm gleich den Überfall auf die Bark weiter. Der Vater von Max würde von der nächsten Telefonrechnung begeistert sein.

Curio wollte gerade zurück in sein Zimmer gehen, als das Telefon noch mal klingelte. Papa und Nick brüteten über Papas Computer, Viola saß vor ihrem CD-Spieler und hatte die Kopfhörer auf den Ohren. Also ging er wieder hin und nahm den Hörer ab.

Oma Kölln klang ganz kühl, aber da war was in ihrer Stimme, das ihn sofort aufhorchen ließ. Er versprach, sofort zu kommen.

Viola sah sauer aus, wie immer, wenn er ihr die Kopfhörer von den Ohren riss, aber diesmal hatte er einen guten Grund dafür.

Sie winkten Papa und Nick fröhlich zu und sagten, dass sie jetzt noch mal zu Oma Kölln gingen, und die beiden Männer waren viel zu sehr mit Papas neuem Nudelkonzept beschäftigt, um Einspruch zu erheben. Manchmal hatte man eben Glück.

Frau Triebel saß auf dem Kanapee und rieb sich die rot geweinten Augen und Oma Kölln sah zornig aus. Sie winkte nur ab, als die Kinder feststellten, dass sie mit leeren Händen gekommen waren, ohne Ingwerkekse drin, und forderte sie auf, sich zu setzen.

Da saßen sie und hörten sich diese schlimme Geschichte an und waren genau wie Oma Kölln davon überzeugt, dass es bei diesem Raubzug nur in zweiter Linie um Geld gegangen war. Der blaue Gangster war als Rächer unterwegs gewesen.

»Oder glaubt ihr noch, dass wir uns im Täter und im Motiv irren?«, fragte Oma Kölln. Viola und Curio schüttelten den Kopf.

»Und nun?«, fragte Oma Kölln.

»Erinnern Sie sich, wie die kleine Alte hieß?«, fragte Viola.

Die Triebel hob den Kopf. »Jensen«, sagte die Triebel. »Ja sicher. Jensen. Aber der Junge hatte einen anderen Namen.«

»Woher weißt du das?«, fragte Grete.

»Wir haben mal zusammen in der Küche gestanden und da hat sie mir vom Unglück ihrer Tochter erzählt, die einen Mistkerl geheiratet hatte und von ihm im Stich gelassen worden war und dann auch ganz jung starb. Da war der Junge wohl erst zehn.«

»Da hattet ihr ja ein richtiges Vertrauensverhältnis«, sagte Grete und klang ziemlich spitz.

»Ich versteh ja deinen Vorwurf, Grete«, sagte die Triebel.

»Eigentlich wünsche ich mir, dass dieser Jan noch mal bei mir anruft«, sagte Grete Kölln.

Viola und Curio nickten sich zu. Er hatte also schon.

»Woher weißt du, dass er Jan heißt?«, fragte die Triebel.

»Stimmt das nicht?«

»Doch«, seufzte die Triebel, »so hieß Frau Jensens Enkel.«

»Dann wäre wohl alles klar«, sagte Grete und sie klang ganz und gar nicht erleichtert dabei.

»Vielleicht sollten wir uns zuerst an Frau Jensen wenden«, schlug Lieselotte Triebel vor.

»Die ist im November gestorben«, sagte Viola, »vielleicht hat das diesen Jan so aufgewühlt, dass er sich den Rachezug ausdachte.«

Die Triebel nickte. »Ich hätte gern einen Kaffee«, sagte sie.

Grete guckte, als fände sie, dass die olle Triebel alle Ansprüche verwirkt habe. Doch sie stand auf, um sich wieder um die Bohnen zu kümmern und den Kaffee zu mahlen.

Hilde Bark sagte kein einziges Wort und auch die Ärzte konnten nicht sagen, ob sie ganz bewusst schwieg oder einen Schock erlitten hatte, der ihr die Sprache nahm. So was gäbe es, sagte Hein Butenschön, als er Grete diese Neuigkeiten mitteilte. Manchmal verlören Menschen einfach die Sprache, wenn sie etwas Schlimmes erlebt hatten, und erst Jahre später löste sich der Schock und sie fingen wieder zu sprechen an.

»Die macht aus Scham den Mund nicht auf«, sagte Grete. Doch sie ahnte, dass sie die menschlichen Regungen der Hilde Bark überschätzte. Die tat höchstens sich selber Leid.

Die Kinder saßen noch auf dem Kanapee, aber Lieselotte Triebel war nach Hause gegangen, nachdem Grete ihr zwanzig Tropfen Baldrian auf einen Löffel Zucker gegeben hatte.

Hein hörte sich die Geschichte der Triebel an, die Grete ihm erzählte, und seufzte auf. Ja, da deckte sich einiges mit dem, was tief in seiner Erinnerung vergraben gewesen war. Traute hatte ihm doch damals gesagt, was für ein Biest die Bark sein konnte. Aber er hatte vieles auch gar nicht genau wissen wollen. Diesen Knatsch in der Nachbarschaft überließ er den Frauen. Stolz war er heute nicht mehr über sein Verhalten. Aber man konnte eben immer noch lernen. Auch wenn man alt war.

»Wir müssen mit unserem Wissen zur Polizei gehen«, sagte Hein.

»Wir wissen ja nicht mehr als den Vornamen«, wich Grete aus.

»Den Rest dürfen wir ruhig der Polizei überlassen«, sagte Hein.

»Keiner weiß, wo er wohnt«, sagte Viola.

»Und die Fingerabdrücke waren wohl auch in keiner Kartei. Sonst hätten sie ihn längst«, sagte Grete.

Hein sah seine alte Schulfreundin an und schüttelte den Kopf.

»Kommt mir fast vor, als wolltest du gar nicht, dass sie ihn kriegen.«

»O doch«, sagte Grete. »Das könnte ja sonst heiter werden, wenn jeder zu seinem ganz privaten Rachefeldzug unterwegs wäre.«

»Genau«, sagte Hein, »das muss in der Hand der Justiz bleiben.«

Viola kam vom Kanapee und ging zum Fenster. Sie sah auf die dunklen Schuppen und zum Haus der Triebel hinüber.

»Aber es war doch unglaublich mies, was dieses Kaffeekränzchen mit seiner Großmutter gemacht hat«, sagte sie.

»Ja, Violchen«, sagte Grete, »das war es.«

Sie schwiegen alle einen Moment und schraken um so mehr zusammen, als es klingelte. Viola ging, um zu öffnen, und Grete folgte ihr auf dem Fuß. Doch es waren nur Mama, Papa und Nick.

»Wir wollen ins *3 Tageszeiten*«, sagte Papa, »zum krönenden Abschluss von Nicks Besuch ein Balsamicohuhn essen.«

»Dürfen wir noch bei Oma Kölln bleiben?«, fragte Viola.

Papa sah Grete an, und Grete nickte.

»Im Augenblick sieht es ja friedlich aus bei euch«, sagte Papa.

»Da kommt auch nichts dran an die Kinder«, sagte Grete.

»Aber nicht so spät ins Bett«, sagte Mama, »wir müssen mal wieder einen anderen Rhythmus finden. Nächste Woche ist Schule.«

»Wozu die Brücke breiter als der Fluss«, sagte Nick.

Mama sah ihn irritiert an.

»Shakespeare«, sagte Nick, »aus ›Viel Lärm um Nichts‹.«

»Das kann man hier nun wirklich nicht behaupten«, sagte Mama.

»Ich meine nur, dass wir drei jetzt beruhigt essen gehen können«, sagte Nick und lächelte allen zu.

Curio seufzte auf, als sich die Tür hinter ihnen schloss. »Weiß man denn, wie viel Geld bei der Bark gestohlen wurde?« fragte er Hein Butenschön. Die Frage hatte ihm schon eine ganze Weile auf den Nägeln gebrannt.

»Ja«, sagte Hein, »das weiß man und das hat mir auch der Polizist erzählt, der noch bei mir in der Wohnung war.«

»Na und wie viel?«, fragte Grete. »Bei der Bark war doch bestimmt ein Haufen Geld zu holen.«

»Das war es wohl«, sagte Hein. »Die Kassette mit dem Geld stand auch auf dem Tisch, einige Tausender waren da drin. Der Räuber scheint sie nicht angerührt zu haben, und das schwere goldene Kreuz am Hals der Bark auch nicht.«

»Ihm scheint die kriminelle Energie auszugehen«, sagte Grete.

»So wie er die Bark mit Klebeband umwickelt hat, ist da noch sehr viel Energie von vorhanden«, sagte Hein Butenschön.

»Dass er gerade bei Hilde Bark nichts genommen hat, war sicher eine Demonstration«, sagte Viola.

»Macht aus dem Burschen keinen Märtyrer«, sagte Hein.

»Keine Bange«, sagte Grete, »ich rufe morgen die Polizei an.«

»Das können wir doch gleich tun«, sagte Hein.

»Es eilt ja nicht um eine Nacht«, sagte Grete. »Wird wohl nichts mehr passieren. Er hat das ganze Kaffeekränzchen durch.«

»Ob ich das richtig finde?«, sagte Hein. »Er kann doch jetzt mit dem ganzen Geld, das er hat, in die Südsee fahren.«

Grete bedachte das einen Augenblick. »Glaub ich nicht«, sagte sie, »aber ich rufe gleich morgen früh an. Lass mich mal machen.«

Die Kinder sahen Oma Kölln dankbar an, doch Hein Butenschön fühlte sich sehr an seine Traute erinnert. Die war auch immer so eigensinnig gewesen. Und er gab seufzend nach.

18.

Um vier Uhr morgens wachte Grete Kölln das erste Mal auf. Ein Klirren kam aus der Küche, und sie konnte es sich erst erklären, als sie schon halb aus dem Bett war. Der Kater schob den leeren Napf herum, als könne sein Fressen von der Decke fallen und er versuche, es aufzufangen.

»Gibt noch nichts«, zischte Grete, »schlaf weiter.«

Sie fiel in einen unruhigen Schlaf zurück und träumte, dass die Triebel ins Zimmer käme und einen kleinen Jungen auf dem Arm hielte, der sie erst freundlich anguckte und dann auf einmal ein hässliches Grinsen zeigte, worauf die Triebel ihn fallen ließ.

Ein heftiger Plumps weckte Grete diesmal. Draußen dämmerte es schon. Sie sah auf den kleinen Wecker, der auf ihrem Nachttisch stand. Kurz nach sechs. Noch nicht ihre Aufstehzeit, doch im Bett hielt sie es auch nicht mehr aus. Sie stand auf, um in die Küche zu gehen. Vielleicht war das Kanapee nun endlich unter Amadeus zusammengebrochen, so wie er sich draufschmiss.

Grete Kölln knipste das Licht in der Küche an. Das Kanapee stand noch. Auch sonst keine Katastrophen erkennbar. Sie schaute zur Decke und war sich auf einmal ganz sicher, dass es von oben gekommen war, das Geräusch. Aus der Wohnung der Lührs.

»Vielleicht ist Curio aus dem Hochbett gefallen«, sagte sie

zum Kater, der hoffnungsvoll neben seinem Napf stand, den er in die Mitte der Küche bugsiert hatte. Grete schüttelte den Kopf.

So schwer war der Junge nun wirklich nicht. Hatte der Engländer seinen Koffer fallen lassen? Aber die Fähre nach Harwich ging erst am Nachmittag, und dieser Nick sah nun nicht aus wie einer, der freiwillig um sechs Uhr früh aus den Federn kommt.

Grete beschloss, sich zu waschen und anzuziehen. An Schlaf war ja nicht mehr zu denken. Um Viertel vor sieben stand sie in ihrem guten grauen Kleid in der Küche und konnte selbst nicht sagen, warum sie nicht wie gewohnt den alten Rock und die Strickjacke angezogen hatte. »Ich mach mich doch wohl nicht für die Polizei fein«, sagte sie zu ihrem Spiegelbild und wunderte sich.

Sie stellte das Radio an, um die lokalen Nachrichten zu hören. Dann setzte sie Kaffee auf. Eine Messerstecherei vor einem Vergnügungslokal in Eimsbüttel. Ein Auffahrunfall im Wallringtunnel. Eine Premiere im Schauspielhaus. Kein Gangster aus Winterhude. Ohne ihre wertvollen Informationen kriegten sie ihn wohl auch nicht so schnell. Grete goss Kaffee ein.

Es klingelte nur einmal und ganz kurz, als sollte eigentlich nicht gestört werden. Grete Kölln guckte zur Decke und dachte, dass es die kleine Frau Lühr sein könnte. Die war die Einzige, die jetzt in den Ferien früh auf den Beinen war. Vielleicht war ihr Schrank ja zusammengebrochen. Der hatte auch schon einige Jahre auf dem Buckel. Aber eigentlich war er ein guter alter Hamburger Schrank, durch und durch solide. Viola und Curio hatten sogar mal Picknick drin gemacht.

Grete ging zur Tür und öffnete sie. »Keiner da«, sagte sie zum Kater, der hinter ihr stand. Keiner aus dem Haus. Dann konnte es eigentlich nur Hein Butenschön sein. Grete drückte auf den Öffner und war ein bisschen ärgerlich. Das sollte der sich mal nicht angewöhnen, so früh auf der Matte zu stehen.

Was hatte sie gestern zur ollen Triebel gesagt? Eigentlich wünsche ich mir, dass dieser Jan noch mal bei mir anruft.

Grete guckte auf das Telefon, das im Flur stand.

»Anrufen wäre ja gut«, sagte sie zum Kater. Im Treppenhaus waren jetzt Schritte zu hören. Erster Stock, dachte Grete.

Sie klangen leicht, die Schritte, aber Hein war schließlich auch noch sehr fein in Form. Grete stand in der Tür und horchte in das Treppenhaus. Herzklopfen. Nun kriegte sie auch noch Herzklopfen. Das hatte ihr gerade gefehlt.

Die Schritte hatten den zweiten Stock hinter sich gelassen und schienen zu zögern. Dabei müsste Hein doch jeden Augenblick um die Biegung der fünften Treppe kommen. Was sollte das?

Grete Kölln schüttelte den Kopf. Über den Mann auf der Treppe, der stehen geblieben war. Über sich, die doch längst wusste, dass es nicht Hein Butenschön war, der dort stand.

Beinah hätte sie gerufen: »Nun kommen Sie endlich hoch.«

Da stand sie in ihrem guten grauen Kleid und wartete, und im Treppenhaus blieb alles still.

»Warum mach ich Trantüte eigentlich nicht die Tür zu«, sagte sie laut ins Treppenhaus hinein und fragte sich das allen Ernstes.

Da kam er um die Ecke. Ein blonder junger Mann. Kaum älter als zwanzig. Eigentlich sah er nett aus.

Grete hätte ihm noch in letzter Sekunde die Tür vor der Nase zuschlagen können. Doch sie tat es nicht. Sie ließ ihn ein.

»Jan, nehme ich an«, sagte Grete Kölln.

Der junge Mann nickte. »Und wer sind Sie?«, fragte er.

»Sie machen mir Spaß. Kommen morgens vor dem Aufstehen in meine Wohnung und fragen, wer ich bin.«

»Warum wurde mir Ihr Name genannt?«, fragte er. Er stand jetzt in der Küche und Grete fand, dass er im hellen Morgenlicht etwas Finsteres hatte. Das schwarze Zeug, das er trug, war auch nicht gerade vorteilhaft. Aber so liefen auch junge Leute herum, die keine alten Frauen überfielen.

Doch er hatte es getan.

»Darum kommen Sie her, weil Ihnen mein Name genannt wurde? Ich hätte eher gedacht, dass Sie sich hüten würden, noch mal nach Winterhude zu kommen.«

»Hilde Barks«, sagte er, »haben Sie die gekannt.«

»Bis vorgestern nicht«, sagte Grete.

Er zog die Augenbrauen hoch. »Vorgestern?«, fragte er.

»Wo Sie die Olle doch gestern erst verklebt haben, meinen Sie?«

Er atmete tief durch. Grete kam der Gedanke, dass sie gerade dabei war, ziemlich unvorsichtig zu sein.

»Ich komme nicht zur Beichte«, sagte er, »ich will nur wissen, ob ich alle erwischt habe oder ob Sie noch was damit zu tun haben.«

»Die Kaffeekränzchen bei der Bark«, sagte Grete. »Davon habe ich erst gestern erfahren. Von der Triebel, als deren Enkel Sie sich ausgegeben und ihr dann fast den Schädel eingeschlagen haben. Sie ist die Einzige aus dem Kreis, die ich kenne.«

Er schwieg und sah Grete an.

»Die Kinder haben Ihre Spur aufgenommen und sind Ihnen bis zum Michel gefolgt«, sagte Grete und griff nach ihrer Kaffeetasse. Am besten so tun, als ob alles ganz normal sei.

»Wollen Sie einen Kaffee?«, fragte sie.

»Welche Kinder? Ihre Enkel?«

Grete schüttelte den Kopf. »Dann haben die Kinder das Mädchen am Michel getroffen und meinen Namen genannt«, sagte sie. War nicht ganz klug, aber ehrlich, und wahrscheinlich wollte Viola auch den Faden zu Ihnen nicht abreissen lassen.«

»Viola?«

»Die Kinder sind gestern nach England gefahren«, sagte Grete.

»Die Ferien sind doch vorbei«, sagte er und hatte Spott in der Stimme. »Haben Sie Angst?«

»Da ich nicht zu dem Kreis derer gehört habe, die Ihre Großmutter gepiesackt haben, bin ich ganz zutraulich.«

Er zog die Augenbrauen wieder hoch. »Gepiesackt«, sagte er, »das ist mir zu harmlos ausgedrückt.«

»Warum hat sie das denn bloß ausgehalten?«, fragte Grete.

»Hilde Bark drohte damals, mich bei der Polizei anzuzeigen. Ein goldenes Kreuz sollte ich ihr gestohlen haben. Pfundschwer. Aber das habe ich nicht. Nur dass meine arme Großmutter es bis zu ihrem Tod befürchtet hat. Da konnte ich lange meine Unschuld beteuern. Gesorgt und geschämt hat sie sich. Sie hat mich großgezogen, als meine Mutter starb. Da war ich knapp zehn. Und nun dachte sie, dass alle Liebe und alle Mühe umsonst gewesen und aus mir doch nur ein Dieb geworden sei. So ein mieser Typ, wie mein Vater wohl einer ist.« Er atmete tief durch. »Gestern kam ich die Treppe hoch und das pfundschwere Kreuz, das ich geklaut haben sollte, hing am Hals der Bark.«

Er ließ sich auf einen der Küchenstühle fallen und wies mit dem Kinn auf die Kaffeekanne. Grete schenkte ihm ein.

»Sie müssen sich trotzdem stellen«, sagte sie.

Er lachte. Es klang sehr unfroh. »Für mich ist das eine ziemliche Summe Geld, die ich da zusammen habe«, sagte er, »und ein schlechtes Gewissen ist auch nicht mehr mein Problem.«

»Der Enkeltrick war das Fieseste«, sagte Grete.

Er zuckte die Achseln.

»Es gibt kein Recht auf Rache. Man kann nicht herumlaufen und seine Bitterkeit pflegen und Leute umbringen.«

»Das habe ich nicht getan.«

»Die Triebel wäre hops gegangen, hätten die Kinder sie nicht noch rechtzeitig gefunden«, sagte Grete.

»Der Schlag war so nicht beabsichtigt.«

Grete fühlte, dass sie gegen alle Vorsicht in Rage geriet.

»Sie glauben doch nicht, dass ich Sie gehen lasse!«, rief sie und ihr war gar nicht bewusst, wie laut sie rief.

Er stand auf. »Was wollen Sie denn tun?«, fragte er und jetzt hörte sich seine Stimme ziemlich gefährlich an. Auch der Glanz in den Augen gefiel Grete gar nicht, als er auf sie zukam. Die flackerten ja fast. Sie sah, wie sein Blick auf die leere Flasche Kümmel fiel, die noch auf dem Küchentresen stand, und sie überlegte, ob das der Augenblick war, in dem sie schreien sollte.

Bei Lührs waren alle seit sechs auf den Beinen. Das heißt, Viola war noch mal ins Bett gegangen, nachdem sie von dem Poltern wach geworden war, das auch Oma Kölln geweckt hatte. Aber Curio und Carola, Steffen und Nick waren gleich aufgeblieben. Steffen hatte einen großen Topf Tee gekocht und die beiden Männer saßen in der Küche, während Curio zurück in sein Zimmer ging und Carola sich für den letzten Drehtag bereitmachte.

Trixi die Maus würde heute in eine Rakete steigen und auf den Mond fliegen. Carola war das recht.

Der Briefbeschwerer, der da gepoltert und sie geweckt hatte, stand auf dem Tisch in der Küche. Carola hatte die schwere Glaskugel schon Dutzend mal in ihren Händen gedreht und das winzig kleine Modell der Dreifaltigkeitskirche da drin bewundert, die Kirche in Stratford, in der William Shakespeare zur letzten Ruhe gekommen war.

Nick hatte sich die Übergabe seines Abschiedsgeschenkes etwas anders vorgestellt. Doch die schwere Kugel war einfach aus dem Rucksack gefallen, den Nick an die Tür des großen Schrankes gehängt hatte. Bis sechs Uhr morgens hatte die Kugel sich Zeit gelassen, um zu fallen, ein paar Stunden von einem Druckknopf aufgehalten, der noch nicht nachgeben hatte. Die Holzdielen des Flurbodens hatten richtig vibriert, als sie dann gefallen war.

Gegen zwanzig nach sieben ging Curio in Violas Zimmer und setzte sich auf ihr Bett und schüttelte sie ein bisschen, weil sie doch wieder eingeschlafen war.

»Wir sollten in die Küche gehen und die Geschichte von der Triebel erzählen«, sagte er seiner wütenden Schwester.

»Und warum zu nachtschlafender Zeit?«, fragte Viola.

»Weil Mama nachher weg muss und Nick heute Nachmittag in Cuxhaven auf die Fähre geht«, sagte Curio. Er fand, er klänge sehr vernünftig.

Viola teilte ausnahmsweise seine Ansicht und stand auf.

Mama saß auch am Küchentisch und drehte ihre Glaskugel.

»Wir haben jetzt Motiv und Täter«, sagte Curio und Mama und Papa stellten ihre Teebecher hin und wurden unruhig.

»Macht Oma Kölln morgens Sprechübungen?«, fragte Nick da.

Die Kinder sahen ihn gereizt an. Er war gerade dabei, ihnen den Einstieg in ihre Geschichte zu verderben.

»Ich höre nichts«, sagte Viola. Auch die anderen horchten und schüttelten dann die Köpfe.

»Er hat es aus Rache getan, der Typ, der die Rentnerinnen ausgeraubt hat«, sagte Curio. Er hatte jetzt die Aufmerksamkeit aller Erwachsenen und nutzte sie aus, indem er eine kleine Kunstpause einlegte. Carola sah ihn flehend an.

Curio wollte sich ihrer erbarmen und seine Erzählung fortsetzen, und in dem Augenblick hörten sie den Schrei, der von unten kam.

Es war eines der kleinen Wunder im Haushalt der Lührs, dass sie den Zweitschlüssel von Oma Kölln sofort fanden. Steffen und Nick liefen voran und schienen die Treppen und das Türschloss in wenigen Sekunden zu bewältigen. Keiner von den fünf, die sich da durch Gretes Tür drängten, zweifelte, dass es ernst war.

Der Mann, der Jan hieß, stand da und hielt noch die Flasche in der Hand. Er hatte sie gehoben und gleich wieder sinken lassen. Nach dem Schrei und noch bevor die Lührs und Nick die Tür stürmten, hatte er sie sinken lassen. Grete Kölln sollte kein Opfer sein.

Er sah Viola an und erkannte sie, und das Flackern war wieder ganz aus seinen Augen und er sah nur noch nett aus.

»Man macht mit sich selbst nicht immer die besten Erfahrungen«, sagte Grete, die schnell ihre Fassung wieder fand. »Ich glaube, das hast du gerade erlebt, Jan. Da ist der Mensch plötzlich böse, obwohl er es eigentlich gar nicht sein will, und dann tritt er in eine Lawine los, die ihn wegreißt.«

»Oma Kölln ist eine Philosophin«, sagte Nick, dem es zu feierlich wurde. Er behielt vor allem den jungen Mann im Auge. Doch der wirkte, als habe jemand die Luft aus ihm gelassen. Viel mehr als Gretes Worte hatten das Jan und das Du auf ihn gewirkt.

»Ich rufe jetzt die Polizei«, sagte Grete, »und du setzt dich und trinkst deinen Kaffee aus.«

Grete Kölln ging zum Telefon und wählte die Durchwahlnummer von Kommissar Knaub. Der würde sicher staunen, dass sie was anderes hatte als einen verschwundenen Kater oder einmal den Wasserkasten hochtragen. Aber froh war sie nicht.

»War das die Rache wert?«, fragte sie den jungen Mann.

Jan antwortete nicht. Er blieb still, bis die Polizisten kamen und ihm die Handschellen anlegten, und auch da sagte er nichts, guckte nur noch mal Grete Kölln an und dann kurz Viola.

Der blaue Gangster war gefasst.

Viola angelte eine Karte von Kathi aus dem Briefkasten und war fast zu beleidigt, sie zu lesen. Zehn Tage hatte sie auf eine Nachricht von der Kuh gewartet, und nun kritzelte sie da kaum leserlich, als habe sie mit links geschrieben. Hatte sie auch. Schon am ersten Tag auf der Bettmer Alp war Kathis rechtes Handgelenk gebrochen. O ja, der Mensch konnte an allen Orten Pech haben.

Oma Kölln kam, um ihre Post zu holen, und fand nur den Katalog eines Immobilienhändlers drin. »Leben an Alster und Elbe«, las sie und guckte kurz auf die Villen, die abgebildet waren.

»Da brauchen wir noch ein paar Milliönchen«, sagte sie.

»Ich kann mir keine bessere Gegend vorstellen, als hier in diesem Haus zu leben, mit dir drin«, sagte Viola.

»Das ist das Schönste, was ich in den letzten fünfzig Jahren gehört habe«, sagte Oma Kölln.

»Und was war das vor fünfzig Jahren?«, fragte Viola.

»Als meine olle Schwiegermutter sagte, dass wir das Kanapee zur Hochzeit bekommen«, sagte Grete Kölln und lachte.

Enid Blyton

Der Berg der Abenteuer

Bearbeitete Neuausgabe

Endlich Ferien! Jack, Lucy, Philip und Dina verbringen sie in den walisischen Bergen. Während einer Bergtour verirren sich die Kinder und landen mitten im nächsten Abenteuer! Die vier Freunde müssen all ihren Mut zusammennehmen, um hinter das Geheimnis des Berges zu kommen.